T0129836

# AL LECTOR

En esencia, esta historia está basada en un hecho real. Los nombres de los personajes fueron cambiados, las fechas y lugares donde ocurre, no. Sin embargo las incidencias y desarrollo de la trama son ficticios y fruto exclusivamente de la imaginación del autor. Cualquier semejanza con acontecimientos de un pasado reciente o lejano así como con personas vivas o muertas será simple coincidencia.

# DEDICATORIA

En memoria de mi inolvidable hermana Olga Tavares.

# FERNANDO TAVARES

# EL SAHUARO HERIDO

## NOVELA

Compre este libro en línea visitando www.trafford.com
o por correo electrónico escribiendo a orders@trafford.com

La gran mayoría de los títulos de Trafford Publishing también
están disponibles en las principales tiendas de libros en línea.

Impreso en Victoria, BC, Canadá.

ISBN: 978-1-4269-1999-2 (sc)
ISBN: 978-1-4269-2000-4 (dj)

Library of Congress Control Number: 2009939381

*Nuestra misión es ofrecer eficientemente el mejor y más exhaustivo servicio de
publicación de libros en el mundo, facilitando el éxito de cada autor. Para
conocer más acerca de cómo publicar su libro a su manera y hacerlo disponible
alrededor del mundo, visítenos en la dirección www.trafford.com*

*Trafford rev. 01/15/2009*

www.trafford.com

**Para Norteamérica y el mundo entero**
llamadas sin cargo: 1 888 232 4444 (USA & Canadá)
teléfono: 250 383 6864 ◆ fax: 812 355 4082

¨...Las evidencias mostraban que el

muchacho fue sepultado con una bala

en el cuerpo, que no se sabía si pro-

cedió de una escuadra o un revólver.

Ahora habría que añadir que existía

También...

# EL SAHUARO HERIDO

# PREÁMBULO

CIUDAD OBREGÓN, SONORA, MEXICO. Club Campestre, una mañana del verano de 1955. Modernas instalaciones deportivas: canchas de tenis, voleibol, básquetbol, piscinas, stand de tiro al blanco, mesas de billar, de "ping pong", salones de baile, bar y restaurante. Está situado al sur de la ciudad, sobre una hermosa calzada de terracería, con dos pequeños canales de bulliciosas aguas que corren paralelos a aquélla, junto a una frondosa cortina de árboles que marca el límite del *fundo legal* de una hermosa ciudad en vías de crecimiento.

Aún no es mediodía y los herrumbrosos rieles de los dos puentecillos que dan acceso al lugar, vibran y crujen estrepitosamente al ser cruzados por docenas de vehículos que han comenzando a ocupar el amplio estacionamiento y de los que descienden familias completas –miembros de la capa social más elevada de esa comunidad- disponiéndose a gozar, en su club, de un placentero domingo.

En un extremo de la enorme alberca (el de menor profundidad) nadan apaciblemente Bernardo y Rodolfo, dos chicos que asoman al umbral de la adolescencia ya que apenas rebasan –ambos- los catorce años. Mientras conversan, describen tranquilos círculos con los brazos y agitando ligeramente los pies para mantenerse a flote.

-Que "suave" se nada a esta hora, ¿verdad?

-Sí, pero no tarda en llenarse esto y va a parecer hormiguero, yo al rato me salgo...

-¿Por qué, Rudy?

-Por eso: ¿no te digo que luego llega mucha gente? Como es domingo... además tengo que ir a tirar al "stand", mi Papá ya debe tener listo el equipo y como me estoy enseñando a...mira: ya llegaron otros del "club", ¿vamos?

-¿Qué club?

-Pues del club de tiro, ¡menso!, ven, vamos a salirnos.

-Quiero ver que pistolas traen, ¡córrele Nayo!

-Bueno.

Salen de la alberca haciéndose bromas uno al otro y atraviesan el espacio de losas y césped que los separaba del área del "stand" de tiro al blanco. Se mezclan entre jóvenes ya mayores y adultos que se encuentran en pequeños grupos y que en esos momentos inspeccionan y limpian sus armas. El padre de Rodolfo llama la atención a éste:

-No hijo, no agarres las pistolas con las manos mojadas; mira nada más eso: vienen estilando de la alberca —pluralizó— ¿y así quieren tirar?

-Yo nó, ingeniero —externó Bernardo, sintiéndose aludido- sólo vengo de "mirón" ¡ni sé tirar!

-¿Quieres que te enseñe? —se ofrece Rodolfo, mientras alcanza una toalla, se fricciona con agilidad y añade: -yo ya tengo mi propia pistola, es nueva y ahorita vas a ver cómo le hago.

Se generalizó el torneo, pues ya se encontraba una media docena de tiradores apostados a lo largo de un cobertizo situado bajo una enramada de pinos y junto a las canchas de tenis; sobre unos armazones de madera (que se continuaban entre uno y otro árbol) ponían sus distintas armas que sacaban de sus estuches, fundas o simplemente las traían envueltas en paños de franela verde. El "blanco" lo constituían, aparte de las consabidas cartulinas concéntricas fijadas sobre fardos de alfalfa seca y comprimida, algunas pirámides formadas por latas vacías de cerveza.

La mayoría de los participantes estaban muy bien equipados con armas de precisión, provistas algunas cono miras telescópicas y otros dispositivos de lo más moderno. Muchos de ellos –también- portaban cachuchas de estilo "beisbolista", lentes obscuros y audífonos de protección.

Las detonaciones de los "disparos de calentamiento" se sucedían atronadoras, una a otra. Había encargados de anotar puntuaciones, discutir o corregir posiciones y turnos. Reinaba gran animación pues cada persona que se aproximaba al "stand" –fuera adulta o menor- se quedaba de espectadora, viendo cada intervención de los tiradores.

El padre de Rodolfo, el Ingeniero José Luis Serra, Técnico en Agronomía, asesoraba a varios organismos agrícolas de la región y acaudalado propietario de varios inmuebles así como de algunas de las principales ferreterías de la ciudad; hombre de extrema seriedad -pocas veces se le veía sonreír- su aspecto serio y enérgico infundía gran respeto a quienes lo trataba de cerca. Ahora se hallaba en compañía de su hijo Rodolfo –Rudy, le llamaban "de cariño"–, de su socio Aldo Henestrosa y dos de los hijos de éste, enfrascados en el sano deporte.

Bernardo Terán –Así se apellidaba– había visto en muchas ocasiones al padre de Rudy, darle a éste instrucciones sobre el uso, cuidado y manejo correcto de las armas para llegar a tener un dominio absoluto de ellas, pero él no prestaba mayor atención ni mucho menos se le ocurría pedirles que le dejaran probar su puntería pues para nada le atraía lo que tuviera relación con armas de fuego, sin embargo, recordaba que de más chico, claro que le gustaba jugar con sus vecinos y amiguitos a "los bandidos" (a los "indios" y "vaqueros") imitando –como los niños de todas partes– lo que se veía en las películas "del oeste", al fin y al cabo que las pistolitas eran de juguete o, cuando mucho "de triques" y que todas las aventuras que imaginaban pues...eran "de a mentiras". En este momento se hallaba cerca del tablón (armazón de madera) que servía de improvisado mostrador, silbando ociosamente para lo cual utilizaba algunos casquillos de los que iban quedando regados en torno a los tiradores.

En un momento dado, Rudy, que ya había efectuado algunos disparos, se vuelve a su amigo y compañero de colegio, lo atrae por los hombros acercándolo a donde tienen las armas, toma una y haciendo el intento de ponerla en sus manos, le dice:

-Nayo, ahora tira tú...

-¿Eh?, ¿yo? Retira instintivamente la pistola, pero Rudy lo obliga a recibirla:

-Sí, claro, tú; anda mira: es muy sencillo, o qué, ¿tienes miedo?.

-¿Miedo?, ¡no!, no es eso –aclara turbado- sabes bien que en mi casa nunca he visto pistolas y... nó, no sabría hacerlo, ¡déjalo!

-Pst, nada, nada, ¡siempre dices eso!, yo te diré cómo, mira: la sostienes con firmeza, extendiendo el brazo a la altura de la barbilla –uniendo la acción a la palabra, manipula el brazo y la mano de su amigo, empuñando ya la pistola, obligándolo materialmente a seguir sus indicaciones--, --luego añade: --Cierras el ojo izquierdo y te pones así, para que afines tu puntería, eso es, así, ligeramente de lado, levanta más el brazo, ahora no lo muevas y fija bien tu vista en la "mira", ¡no parpadees tanto! Y recuerda: no quites la vista de la mira que debe apuntar al centro del blanco y así, no fallarás...

El jovencito se siente incómodo acatando las instrucciones que con tanto entusiasmo le imparte Rudy, le tiemblan el pulso y las piernas, le sudan las manos; con mirada suplicante trata de decirle a su amigo que no le insista más, que no desea probar el arma, aquél, por el contrario lo presiona:

-¡No voltees a verme a mí!, ve allá, al "blanco", mira pues: ya bajaste demasiado el brazo, ¿qué no tienes fuerzas?

-Es que...oye, -se atreve a solicitar con timidez- ¿puedo sostenerla con las dos manos?, siento que si jalo el gatillo el disparo me va a aventar la mano.

-¡Que aventar ni que aventar! –protesta airado Rudy, luego concede:

-Bueno, sostenla así, si quieres, pero no pierdas de vista el centro del blanco, como te dije; bien, pues, dispara ya –lo apremia- ¡no va a pasarte nada!,, hazlo!.

Nayo sostiene la pistola con firmeza (una enorme escuadra cañón largo, aunque calibre 22, que sin embargo, ¡a él le parece pavorosa!) fija la vista en el "blanco" –un montón de latas de cerveza apiladas- tiene la frente perlada de sudor, le tiembla la quijada, los labios resecos, traga saliva y de vez en vez pasa la lengua sobre aquellos para humedecerlos, cambia de posición las piernas; en suma se halla en un estado de excitación, de ansiedad y hasta de angustia, su amigo lo presiona aún más:

-¡No lo pienses tanto!, con los botes tan cerca, habrá alguno al que le atines, ahora dispara, ¡DISPARA!

Algunas personas del grupo se han percatado que es un novato y esperan expectantes que, al fin, haga el disparo, Nayo siente sus miradas y su turbación aumenta, no puede más, su respiración se altera, los ojos se le cierran y no consigue fijar la vista en el blanco. Una sensación –ahora sí— de franco miedo lo invade, es como si, de pronto, *el presentimiento de "algo" que no le era posible definir, lo inmovilizase para disparar...*

No; no deseaba hacerlo.

Sentía desfallecer, oscilaba sobre sus pies; reunió las energías que pudo y, en un supremo esfuerzo decidió por fin qué hacer:

sacudió su cabeza como tratando de liberarla de una gran presión y bajó resueltamente los brazos que comenzaban a cansársele de tanto sostener la pistola, la cual depositó en el mostrador, acto seguido, giró sobre sus talones y salió disparado en dirección a la alberca, tropezando con dos o tres chamacos que le salieron al paso en su loca huída. Todos observaron, desconcertados, su violento impulso; Rudy lo seguía con la vista, sin comprender, tampoco, tan extraña actitud. Luego, reaccionando, le gritó en tono festivo pero burlón:

-Coyón, ¡eres un coyón, miedoso!

Nayo no quiso escucharlo. En un instante alcanzó la alberca y se arrojó de "clavado", dejando tras de sí, el eco de las burlas. Al contacto del agua se sintió mejor. Se dejó llevar lentamente por su peso tan profundo como le fue posible; realizó algunas evoluciones antes de emerger. Esos instantes le sirvieron para tratar de justificarse consigo mismo:

-¡Chin, me "rajé" delante de todos, pero pues... no disparé porque no me dio la gana, ¡que diablos! –se dijo con resolución– no quiero saber nada de escopetas ni de pistolas, no le hace que me "choteen", ¡ni modo!...

Y con esa convicción cerró los ojos, volvió a las profundidades y siguió así, disfrutando del agua; el sonido de burbujas producidas por sus movimientos bajo el agua y que estallaban al tocar la superficie, llegaba a sus oídos. Un suave relajamiento lo invadía por completo; de cuando en cuando asomaba la cabeza para tomar aire, hinchando los pulmones a toda su capacidad, para volver a sumergirse y "bucear" por algunos segundos antes de salir nuevamente a la superficie...

# PRIMERA PARTE

CIUDAD OBREGÓN, SONORA. Jueves 25 de diciembre de 1958.

El joven Bernardo Terán circula *raudo y veloz* en su bicicleta nueva *cuernos de borrego* ("de carreras") –que apenas estrena– por las hermosas y modernas avenidas de su ciudad: arboladas y con olor a naranjos en flor, cuyo tránsito por ellas ha disfrutado desde niño: amplias y despejadas que parecen perderse en el horizonte, más allá del inmenso valle en que se asienta.

Bernardo es ahora un muchacho de diecisiete años, sano, alegre, inquieto –como todos los de su edad– con la sonrisa fresca y el desenfado propio de sus pocos años. En esta mañana se siente especialmente feliz: es la mañana de navidad y va de regreso a casa después de visitar a sus padrinos y a otros familiares cercanos a quienes ha ido a felicitar. Cuando cruza las bocacalles, lo hace describiendo temerarios giros con el manubrio, sube y baja las banquetas, rodea trabajosamente por entre coches estacionados en mitad de la acera (a la entrada de sus garages). Así continúa, eludiendo con pericia los obstáculos que se oponen en su carrera, hasta que alcanza la banqueta de la familia Serra Bermúdez.

Al levantar instintivamente la vista al enorme porche – que rodea en ángulo al frente y al lado de la edificación y elevado poco más de un metro del nivel del suelo- descubre a la señora Paquita

1

de Serra (madre de Rudy, amiguito suyo desde la infancia), la cual se halla, escoba en mano, barriendo el porche y recogiendo algunas envolturas de regalo y otros efectos navideños que como vestigios de de la noche de fiesta, han amanecido esparcidos en el piso. Detiene su *bici* para poder saludar:

-Paquita, buenos días, ¡feliz navidad!

-Hola Nayo, ¡feliz navidad a ti también!, hum, ¡ándale!, ya veo que te fue bien, ¿te "amaneció" bicicleta nueva, eh? ¡Y de carreras!, pero si la vas a manejar como venías –ya te vi haciendo piruetas- no te va a durar mucho que digamos, al rato se te va a *desconchinflar* cuídala y cuídate tú, no te vayas a contramatar en ella, ¡eres muy atrabancado!

-¡No le haga!, bueno ¿y ustedes? ¿qué tal la pasaron?, supe que está aquí el Rudy, ¿cuándo llegó de México?, lo retrataron en el aeropuerto, salió en el *Diario* nomás que no nos hemos saludado aún.

-Pues pásale a esperarlo, si quieres; fue a la ferretería a alcanzar a su papá "quesque" para ayudarlo, hoy no se abre, pero se le ocurrió al otro ir a acomodar una mercancía que llegó y tenerla lista para mañana, ¡y en una fecha como ésta!, pero ya sabes: padre e hijo son igual de ideosos. De todos modos no han de tardar; también están aquí la Betty y Filiberto, ya regresaron de su "luna de miel"...

-¡Cómo! ¿ya están aquí?.

-Sí, pero el Fili anda también para "el centro" con Rudy. Entra pues, para que les des "el abrazo" a las muchachas...

Bernardo no se hace del rogar, bota su "bike" por ahí (en un prado) sube a grandes zancadas hasta porche y penetra en la residencia, precedido por la señora de la casa.

-Y por qué anda usted barriendo ¡y tan temprano!. –Pregunta Nayo mientras atraviesan el hall.

-¿cuál temprano? ¡si ya casi es mediodía!, como no vino la "criada" tú, me puse a hacerlo yo y es que amaneció "temblando" la casa, con estos "plebes" tan desordenados, anduvieron quemando "cuetes" y luego la abridera de regales, dejaron un tiradero ¡que nomás has de ver!. ¿no quieres comer algo? Vente para la cocina, allá están todas las muchachas...--¿qué traes allí? –le inquiere al verlo con una bolsa de papel.

-Es el regalo de navidad que encontré en el arbolito en casa de mi Nina, --de allá vengo, fui a felicitarlos, es una camisa bien bonita, me la trajeron de Nogales...

A la voz de "feliz navidad" Bernardo saluda efusivamente a las cinco hermanas de Rudy, incluida la recién casada, con la que bromea a propósito de su nueva condición:

-Ve nomás Bety: ¡no me imagino verte casada!, si no hace nada –creo que ni dos años- que te graduaste; me acuerdo que tu mamá estaba muy apurada y al pasar de la escuela ese día, echó mano de mí para que fuera volando en mi "bici" a casa de la costurera a recoger tu vestido de graduación, no había ningún carro en casa en ese momento y ya se les hacía que perdías el avión a Culiacán...

-Sí, me acuerdo, ¡fuiste muy oportuno!. Pues ya ves Nayo: me llegó el gusanito" ¡y no me pude escapar!

-¡Sería Filiberto el que no se escapó!, bien dicen que *"cuidado con las mujeres de Sonora: ¡no hay fuereño que se salve! ¿cómo te fuiste a casar con uno de tan lejos?*, dicen que es de Yucatán, ¿no?.

--De la mera capital, ¡de la mismísima ciudad blanca: Mérida!. Fíjate que ahora que hicimos el paseo de bodas me llevó a conocer por allá, sus papás y otros familiares que estuvieron aquí para la boda, se detuvieron unos días en México ¡y nos tocó verlos llegar de regreso!

-¡Uújule, pues estuvo larga la tirada!

En eso están, cuando se oye el rechinar de frenos de un automóvil que se ha detenido a la entrada de la casa.

-Ahí vienen Rudy y el Fili, ¡voy a verlos! –anuncia el pequeño Beni de cinco años y *"socoyote"* de la familia.

--A ver, a ver, ¿qué dice ese casco? –le ataja Nayo deteniéndolo en su carrera, observando que el niño trae puesto un casco blanco de plástico con las letras M.P.

3

-¿Híjole mano! ¿eres de la "policía militar"? pues habrá que tener cuidado contigo, ¡no sea que nos vayas a "aprehender y nos metas al tambo", ¿qué más "te amaneció", Beni, Qué otras cosas te trajo "Santoclós"?

El niño se resiste a permanecer sujetado por Bernardo y hace esfuerzos por soltarse, cuando al fin lo consigue, sale "por la puerta afuera" al encuentro de los recién llegados, cuyos pasos resuenan ya, entrando al inmenso hall.

--Benjamín, ¡te están hablando! ¡uf qué niño, nunca atiende a nadie! –Protesta airada la mamá.

--Déjelo, Paquita, --amortigua Bernardo— no consintió más en que lo estuviera reteniendo, ¡si lo que quería era salirse!, yo también voy, ¡quiero ver ya al estudiante recién desempacado de "Mexicalpán de las Tunas" y saludar al "cabezotas" de su flamante yerno!.

Filiberto Fernández Bolio era un joven de escasos 23 años, de profesión contador público y llevaba sólo uno y medio de haberse establecido en la ciudad, gracias a una importante empresa –de reciente creación – que le había contratado muy ventajosamente para una sub—gerencia en la localidad.

Su integración a los medios económicos, comerciales y sociales de la región, fue muy rápida, por su carácter y manera de desenvolverse, podía pues, calificarse como definitiva, habiéndose consolidado aún más al contraer matrimonio –muy rumbosamente por cierto— a fines del mes de noviembre anterior, con Beatriz, la hija mayor -19 años- de los Serra Bermúdez, lo que constituyó todo un relevante acontecimiento, del que todavía se hablaba en los altos círculos sociales a que pertenecía tan connotada familia.

Rudy Serra –por su parte- se había convertido ya en un adolescente jovial e inquieto, más o menos de la misma edad de su amigo Bernardo, aunque un poco más bajo de estatura; era menos expresivo, aunque siempre en constante actividad, ya fuera en la práctica de algún deporte o simplemente andar investigando el origen o el por qué de algún hecho o circunstancia que le interesase sobremanera. Ambos cursan estudios superiores, sólo que él lo hace internado en un prestigiado colegio de la capital de la república, en tanto que Bernardo, hijo de una familia de clase media, y que tiene proyectado estudiar también en México, D.F. pero mientras las circunstancias lo hacen propicio, continúa en la ciudad, matriculado en la principal escuela de comercio de la localidad, sin embargo las diferencias económicas no era un obstáculo para que siguieran siendo entrañables amigos.

Al entrar ambos, Filiberto se encamina con los brazos abiertos para abrazar a Bety, que sale a su encuentro. Rudy por su parte, sube de tres en tres los peldaños de la escalera que conduce al segundo nivel de la casa, su madre lo conmina a venir a saludar:

-Rudy, hijo, ¿qué manera de llegar son esas?, ¡ven a saludar!, aquí está el Nayo, te está esperando ¡y tu te subes como loco!.

-"Ái" voy amá, -y dirigiéndose a su amigo-: -ya bajo Nayo, es que venimos por unas pistolas y unas cajitas de tiros, sube, ¿no? —Termina gritando desde el final de la escalera.

Doña Paquita mueve la cabeza de un lado a otro con gesto desaprobatorio: -Así lo verás siempre que está en la casa: con carreras de aquí para allá y a diario con el ajetreo de pistolas y balas, ¡"no pone pie en postura" este muchacho!

Bernardo opta por ir —como se lo pide Rudy- a su encuentro; lo alcanza en un amplio closet removiendo un sin fin de armas de diferentes estilos y calibres, así como objetos varios, propios excursionismo y de cacería. Se saludan.

-¡Que bueno que viniste! --dice entusiasmado Rudy.

-¡Oye, pero esto es un arsenal!

-Es que aquí guarda mi'apá sus rifles de alto poder, los que usa en la sierra cuando va de cacería, también está el equipo de "camping" completo, nomás que -¡uf!—todo está revuelto, detenme aquí, toma estas cajas y este cinturón, ¿sí?, yo me bajo todo esto, ¡vámonos!

-Oye, ¿que te vas a la "Sierra Maestra"?.

-Al campo de tiro, solamente.

-Con cuatro pistolas y un chorro de cajas de tiros, más todos los pertrechos que tienes en ese clóset, *¡parece que te está esperando "Fidel Castro"!*, es mucho ¿nó?

-Siempre salgo con ellas. Las dejo en la cajuela del carro como "refacción", por si se ofrece, no carecer...

-¿Qué se puede ofrecer?

-Pues que se "embale" un arma, se te descomponga o se nos pierda...

-Ah, oye Rudy –a propósito- ya no es en el "Campestre", ¿verdad?

-No. Ahora queda bien lejos, por eso ves que me prevengo...

-¡Cómo! –interviene Paquita, al verlos bajar cargados de armas-: *-en plena navidad* y ¿van a irse al monte a tirar?, ¡están locos ustedes!, además tu papá y las muchachas quieren ir a comer a Guaymas...

-Es temprano aún, ya viste que desayunamos bien tarde, no te preocupes "amá" en unas dos horas regresamos, es que le quiero enseñar al Fili unos trofeos nuevos que se van a entregar en una competencia que va iniciar luego luego, a principios de año, van a venir tiradores de muchas partes, hasta de Estados Unidos. Y, dirigiéndose a su amigo, sugiere espontáneo:

¿Vienes con nosotros, Nayo?, "ái" en el camino platicamos.

-Sabes que yo no tiro...

-"¡Ni tiras, ni cachas ni, ni dejas batear" güey!, te estoy diciendo que nos acompañes, no le hace que no tires...

-¿Quiénes más van a ir, vamos a llegar por alguien más?

-Nadie más, ¡menso! Si aquello ha de estar desierto; lo que pasa es que nosotros tenemos llave del club, entramos y salimos al'hora que queramos, como ves: na'más vamos éste y yo –señaló, tocando ligeramente con el codo a su cuñado y los instó a apurarse: -Órale, pues vénganse, ¡en el carro hablamos!

-Si, es cierto, mejor vámonos, ya vieron que las muchachas incluyendo "mi vieja" ni se han ido a vestir, continúan la "sobremesa", y que bueno que tú si nos acompañes, Nayo, ¿qué otra cosa tienes que hacer?, además vamos a regresar luego, ¡no creas que vamos a estarnos allá toda la tarde!

Con tal insistencia, Bernardo termina por ser convencido y se deja llevar por los dos amigos hacia el exterior de la casa; cuando ya se disponen a abordar el automóvil, Filiberto vuelve sobre sus pasos al ver que desde lo alto del porche los observa sonriente, Bety su esposa. Sube corriendo los escalones y le da un último y prolongado abrazo, colmándola de besos (por la forma en que lo hace, se advierte una ansiedad golosa), Bety –claro- los recibe complacida, correspondiendo en igual forma tan inusitada efusividad.

-Ya...ya, ¡loco! ¡se les va a hacer más tarde!.

El pequeño Beny –que estaba junto a su hermana- también lo despide y Filiberto lo levanta en vilo y le hace un comentario chusco acerca del casco que porta:

-Y ora tú, ¿qué pasa con ese casco?, "Santoclós" se equivocó de medida y te lo trajo más grande, mira nomás: ¡si casi te tapa las orejas!

El niño, en un gesto impulsivo, cargado en brazos como está, se lo quita y procede –acto seguido- a ponérselo a su joven cuñado, éste lo acepta con gusto, baja al niño y le advierte:

-Bah, pues ahora me lo voy a llevar puesto al monte, ¡para que me lo pusiste!, y miren   -termina diciendo- no soy tan cabezón como nos dicen a los yucatecos, si apenas a mí me queda bien, ¡bueno..."ái" nos vemos! Y sin volver el rostro esta vez, se encamina hacia el coche, donde lo esperan los dos muchachos.

Entretanto Bernardo y Rudy acomodaban las cosas en el vehículo un *Plymouth* sedán último modelo –en color amarillo y blanco. Bernardo admira los contornos aerodinámicos con guarda-fangos "aleta de tiburón" y cristales envolventes, y como lo desconoce, observa:

-Huumm, ¡oye! ¿otro carro nuevo?.

-Este no es de la casa, -aclara Rudy- es de aquí del cuñado,¿qué tal carro se carga, eh? Y es modelo '59, pa'que te des "un quemón", bueno, pásate atrás, yo iré adelante con Fili, él manejará.

-¡Uuy! Atrás yo...y con las pistolas, ¡qué "mello"!

-No seas simple, están descargadas.

-¡Ah, bueno!.

Enfilan —por fin- hacia la carretera internacional con dirección al sur; Rudy adopta una cómoda postura —de espaldas a la portezuela, flexionando una y otra pierna para ajustarse mejor sus botas texanas con punteras de plata que calza. Conversan animadamente. Rudy toma la voz:

-¿Ya has venido al "club de tiro" nuevo, Nayo?

-No, no lo conozco. Me han invitado, pero desde que lo quitaron del Campestre no he visto prácticas de tiro con nadie. Es por donde están construyendo el aeropuerto nuevo, ¿verdad?

-Sí, pero un poco más delante, a la altura del canal de irrigación mayor, a mano izquierda sigue uno por el monte como un kilómetro o kilómetro y medio a lo sumo (pero está buena la brecha, vas a ver), tenemos tribuna para espectadores, cafetería, salón de trofeos, ¡está a todo dar!, ah, oye —cambiando bruscamente de tema- (¡hijo 'e'la, me aventé!) ¿y qué hay de nuevo por aquí? ¿ya no ves a nadie de nuestros compañeros de la secundaria?

-¡son los mismos de la primaria!

-Por eso...

-Casi no. Como la mayoría estudia fuera de la ciudad; unos han jalado —como tú— a México, otros a Guadalajara, a Monterrey, a Ciudad Juárez (a los que les gusta la agronomía y la agricultura) o a Estados Unidos. Por "ái" de repente me encuentro a uno que otro desbalagado que se aparece —como siempre- y en los bailes de siempre, ya sabes: que el "del algodón", que el "del trigo", que en el de "las debutantes" que en el "del recuerdo", etcétera.

Filiberto que sólo escuchaba, interviene:

-Ya que lo mencionas, Nayo, ¿qué tal estuvo el "baile del recuerdo" Bety quería asistir con sus papás pero como se atravesó lo de la boda y el viaje de novios pues ya no nos tocó, ni a "éste" –señalando a Rudy– que nomás vino por 3 días ¡y "púmbale" vuelta pa'tras al De-eFe!.

-¡De veras! ¿Y por fin a quién trajeron de artistas para la variedad?

-Pues... (muéranse de envidia): nada menos que a SONIA FURIÓ –recalcó- todo mundo nos dimos un "agasajo postinero" ¡formidable! , ah y para los "rucos" –yo creo como "relleno"– al "Cuarteto Ruffino" (creo que es la familia completa: papá –mamá y los hijos –Carlos y Julie-) algo gordillos pero ya ven el éxito que han tenido: ¡entusiasman mucho con su estilo!

-"Pérate, pérate –interrumpe Rudy-: qué la Sonia Furió no es na'más actriz de cine, de puras películas, pues, ¿a poco también es cantante?

-Pues no –aclara Nayo, más versado en el tema de los artistas--: pero ya tu sabes que con la moda que han sacado de hacer "giras y presentaciones personales" por todas partes, ya todas se sienten "vedettes" y más si lucen un "buen palmito" como la Sonia ¡que se carga un cuerpazo!, de sobra está decir que al otro día nadie se acordaba ni qué cantó ni cómo bailó, pero como está "bien cuero" la chavala ¡ni falta que hizo!.

-Y en el baile de "fin de año" –tercia Filiberto- ¿no se va a presentar a nadie?

-No; en ese no se acostumbra traer variedad –aclara Bernardo—es totalmente social, ya verán cómo va estar aquello!, en cuanto a "la raza" –dirigiéndose en particular a Rudy— en estas fechas y en ese baile, ya sabes: ahí te encuentras a todo el mundo, los que estamos aquí y los que estudian fuera y...a echar "rebane". A propósito de eso, el que anda por aquí –pero desde hace mucho y no se dedica a nada– es el "Yiqui Salazar"...

-¿Ese que no estaba en Los Ángeles?. -Indaga interesado Rudy.

-Sí, en Anaheim, en la "academia militarizada", a ver si se disciplinaba (bueno, eso decía su "jefe"), aguantó como un año o año y medio, ¡pero al fin terminaron expulsándolo!, como está más loco que una cabra...

-¿Pues qué hizo, tú?

-¡sábe!, pero dicen que por poquito y quema el colegio en el festejo del *"halloween"* del año pasado, muchos compañeros suyos que también están internados allá, vinieron a contar que desde su cuarto encendió varios cohetones y los aventó a las canchas de tenis; los ha de haber llevado "de contrabando" de aquí...

-Si ha de ser cierto, ¡es que *"tira mucho aceite"* ese bato!. —Dijo sonriendo Rudy, y añadió: --Y por eso lo corrieron...

-Pues no, ya que lo que vino a "derramar el vaso" —dijeron los enterados— fue un día que visitaron la Academia Charlton Heston y el *plebe* ese, el actor infantil Tim Hovey, ya que juntos filmaron ahí —hace como tres años- la película *"La Guerra Secreta"* o *"La Guerra Privada del Mayor Benson"* que por cierto hasta hace muy poco se estrenó aquí, ¿no la viste?

-Sí; la vi —asintió Rudy— pero en México, tiene muy buenas puntadas y dirigiéndose a su cuñado: -Y tú, Fili, ¿ya la has visto?

El aludido, sin despegar la vista de la carretera mientras conduce, comenta:

-Sí, también; pero no me fijé quiénes salen —aparte de Heston— ni si la academia militar que aparece, sea de la que vienen hablando...

-Sí, esa es. —Retomó la conversación Nayo y abundó en el tema del estudiante expulsado:

-Pues dicen que en esa visita también los acompañaba el actor canoso Jeff Chandler porque parecía que querían filmar de nueva cuenta en las instalaciones de la Academia, la película *"Héroe de Papel"*, repitiendo con el mismo *buqui* sangroncito, el tal Tim Hovey, --que también se exhibió ya aquí--pero no es "secuela" o segunda parte, ni contiene escenas filmadas ahí en Anaheim, ya que el tema no tiene que ver para nada con una academia militar privada— pues resultó que ese día —el de la visita de los actores— y el mismo "Yiqui" aceptó que la presencia de los mentados artistas levantó tanto revuelo que muchos empleados entre clérigos, personal que tuvo guardia pues era sábado ese día, alumnos internos de distintos grados y hasta algunas admiradoras, --quisieron acercárseles para saludarlos y pedirles autógrafos-- total que este loco aprovechó la confusión para escaparse casi desde el mediodía con un amigo *"gabacho" en su coche deportivo, -se han de haber sentido Martin Milner y George Maharis, los de "Ruta 66"--* ¡y regresaron ya caída la noche!

-¡Uuh, pues con razón! −Comenta Rudy.

-Sí, pero según él nadie se dio cuenta y en todo el colegio se supo; de todos modos el "se ufana" de eso, y cuenta él mismo a quién quiera oírle y festejar sus pendejadas, que "de ninguna manera fue expulsado", que su Papá fue por él muy enojado porque otra vez había salido "mal" en inglés, que era la principal razón por lo que lo había mandado a estudiar allá. Así que se lo trajo y lo "refundió" en sus campos agrícolas ¡y lo puso a trabajar de tractorista!

-Los *niños ricos, "junior's"* o como les digan aquí, son "algo serio", ¿verdad? −Observa Filiberto, interviniendo en el tema.

-¡Los de aquí y los de todas partes! −opina Rudy- -Allá en México, donde estoy con los *Padres maristas,* a pesar de que son muy estrictos, hay dos o tres *batos* muy aventados que también se salen del internado en la oportunidad que ven propicia, ¡no importa que ya sea de noche!.

-¿y si los cachan? −Pregunta Bernardo.

-Los mandan con el *Prefecto* que les receta un largísimo sermón, pero hasta allí, no los expulsan y menos si son *influyentes.*

-Por cierto −observa Bernardo dando sutilmente un sesgo diferente a la conversación--: -A mí no me gustaría estudiar en una escuela *ni de "jesuitas" ni de "maristas"* −como esa a la que te mandaron a ti para que estudiaras la *prepa ni a ninguna otra que "oliera a santidad"* y te aclaro, Rudy -subrayó- que no lo digo porque mis padres jamás podrían costearme un colegio de esa categoría... no es por eso.

-¿'Tons' por qué?

-Porque la educación –al menos en nuestro país- debe ser y seguir siendo laica, hay un artículo de la Constitución que lo señala, ¿no es así? además la instrucción que imparten –con base en la religión- está limitada no sólo a esos dogmatismos, sino también económicos, esa es la verdad, puesto que va dirigida a esos pequeños grupos de las clases dominantes; sus alumnos no son hoy sino los oligarcas de mañana, los futuros detentadores del poder –económico, político y social- los colegios religiosos cumplen esa función: preparar a los religiosos ricos para que puedan convencer a los pobres de seguir siendo *creyentes iporque éllos heredarán el cielo!* Y lo más importante: que dicha fe va a garantizar que aquellos sigan siendo más pobres aún, pero –claro- icon la seguridad de que su alma será salva!

-Y... ¿qué propones? –Pregunta como con desgano, Rudy, en tanto que Filiberto, que escuchaba con atención a Bernardo, le dirige la mirada, de cuando en cuando, a través del espejo retrovisor.

-No propongo,  --Responde al punto el increpado, enfrascándose nuevamente en el tema y expone entusiasmado sus ideas- -intuyo que ese tipo de colegios tendrá que ir desapareciendo o, al menos disminuyendo, me refiero a los de filiación religiosa, iMéxico crece cada vez más, son evoluciones que nadie podrá detener, no digo que las escuelas particulares no deban existir, iclaro que no!, la creación de tecnológicos, de institutos superiores privados es lógico que seguirán desarrollándose, y el papel de los gobiernos que se sucedan es alentarlos pues el Estado no podría darse abasto para hace frente a la demanda de educación –cada vez más grande- de las nuevas generaciones, es lógico imaginarlo, pero se impondrá la implantación de otros sistemas educativos, sobre todo que tengan alcances masivos; no sé, es lo que se me ocurre, lo que si sé –y estoy convencido de ello— es que es absurdo e increíble que en la era de los *"sputniks", de la bomba de megatones y* todo eso, que en pleno 1958 –a punto casi de cumplirse la sexta década del siglo XX— ¡y prevalezcan esos sectarismos!.

-¡Óyeme, que ideas, parece que te dieron cuerda!, ¿a quién has estado leyendo últimamente?

-A muchos. Me extraña que estando en segundo de "prepa" no entiendas mucho de lo que vengo hablando, sabes que todo esto y más, está contenido en lo más elemental de las *ciencias sociales, de filosofía, ética, lógica o moral que estés llevando...*

-Pues, de saberlo, claro que lo sé y lo entiendo -concede Rudy—pero profundizar y *"desmenuzarlo"* como tú lo haces,... ¡francamente no!.

-¡Bueno, cabrones! Yaa ¿no? –tercia Filiberto- -Me hacen sentir viejo con esas pláticas ¡y sólo tengo veintitrés!.

-¡A mí qué me dices? –justifica Rudy— ¡yo casi ni he dicho nada!, es éste que se explayó con esa "brillante" dis...disertación (¿así se dice?) socio-política. –Y volviéndose hacia Bernardo, añade:

-¡*"Hijo'e'la"* en serio, eh Nayo!, te *aventaste con las domingueras;* ¡tienes ideas muy redentoras!, como si no supieras que con tu participación o sin ella, no va a cambiar gran cosa el mundo "y menos de un día para otro", ¡a como estamos viviendo! y, a propósito, ¿cómo les "pinta" el año nuevo?, ¿cómo esperan que sea 1959?

-Por lo pronto, --señala oportuno Bernardo- -año nuevo: ¡ADOLFO NUEVO! – (Aludiendo al recientemente concluido período presidencial del C. Adolfo Ruiz Cortinez y el arribo del nuevo Presidente de la República, Lic. Adolfo López Mateos)

La animada charla se vio interrumpida por los tumbos que comenzó a dar el auto, casi inmediatamente que dejaron la carretera asfaltada y penetraron por una accidentada brecha, en pleno monte. El polvoriento camino serpenteaba por entre resecos arbustos y plantas propias del desierto: mezquites, huizaches, "palo fierro", jitos (cierta variedad de pino), y cactáceas que iban desde humildes nopaleras, pasando por extensos macizos de pitahayas, choyales, sibiris y biznagas, hasta el altivo organo –o cirio- sahuaro.

Una espesa columna de polvo se elevaba a su paso y quince o veinte minutos más tarde el auto se detuvo, finalmente, frente a una vasta propiedad circundada por una cerca de madera, pintada de blanco y cuya estructura se asemeja a los típicos "rodeos" existentes en ranchos y ciudades de los estados norteños del país y de las de allende el Río Bravo. Se dispusieron a descender, sacudiéndose el polvo de la cabeza y la ropa.

-¡Uf, si que está lejos esto! Pero, oigan –observa Nayo- ¡no hay nadie!

-¡Claro, suato!, ya te dije que por eso quisimos venir en este día, ¡para practicar a gusto!, pásame esa funda... y las cajitas de balas –esas del piso- gracias.

El grupo formado por los tres muchachos se encamina alegremente hacia la reja de entrada. Rudy fue el encargado –sacando sus llaves- de abrir el grueso candado; se introdujeron por un andador hasta el stand de tiro. Bernardo observó que al fondo del campo, estaban, a conveniente distancia, los "blancos" de cartón rígido, figurando la silueta de hombres en tamaño natural, montados sobre bases de madera, colocados en línea con los brazos en las caderas y las piernas separadas.

Junto a la tribuna de espectadores hecha con tablones de madera entre rústica y tallada, estaba la cafetería, cuyas paredes se adornaban -a manera de decorado- con pieles y cabezas de venado y de otros animales (seguramente piezas de caza cobradas por integrantes del club), una especie de salita privada provista de asientos de cuero y vitrinas cerradas conteniendo vistosos trofeos de todos tamaños y diseños; luego la barra y sus desiertos banquillos y más allá un enfriador de refrescos con expedidor automático. Bernardo hace notar esto último:

-Miren, hay un aparato de "cocas", ah pero no hay quien nos venda las "fichitas" –termina con desencanto.

Rudy que lo escucha mientras dispone sobre el mostrador su equipo de armas, se vuelve y le dice:

-¿Quieres una?

-Ahorita no; yo nomás decía...

-Ah, no te preocupes, también pueden sacarse apretando un botoncito desde atrás de la barra, hace mucho *me di color donde está, si ya me la sé, ¿qué te crees?*, ¡Al rato nos tomamos unas, hombre!

-¡Ya vas!

Durante más de media hora Filiberto y Rudy estuvieron agotando varios cargadores de sus pistolas, señalándose mutuamente sus errores, asignando puntuaciones y burlándose con risotadas de sus eventuales fallas. Bernardo, entretanto, corría —subiendo y bajando la tribuna de espectadores, aplaudiendo estrepitosamente desde diferentes ángulos en que se situaba, cuando alguno de sus dos amigos realizaba mejores aciertos que el otro. En un momento dado, Rudy se vuelve y lo inquiere como distraídamente, sin poner demasiado énfasis:

-Eh, tú, ¡zonzo!, ¿qué haces allá arriba y de un lado pa'l otro?

-Aquí, *"saltimbanquiando"*, no dirán que no tienen público...

-¿Quieres probar tu puntería? --Tercia con naturalidad Filiberto.

-¿Éste?, ¡en su vida ha agarrado una pistola! —interviene Rudy, contestando por aquél, y añade: -Yo llevo años convenciéndolo —más bien tratando de convencerlo- para que aprenda a tirar y... ¡niguas!, es bien rajón, mejor corre el *marica* antes que pulsar un arma ¡y menos poner el dedo en el gatillo!

-¿Y eso? —pregunta extrañado Filiberto-- -¡si no tiene ciencia!, con sus debidas precauciones, claro está, -abunda en el tema: -pero es un deporte muy completo, digo, si se le puede llamar deporte, diversión, afición o como sea, exige agudeza visual, te condiciona los reflejos, te hace sentir relajado y ya con la práctica, al ir sumando aciertos, te da seguridad en ti mismo, ¡aparte de que es muy divertido!

-Puede ser,--conviene el aludido, que para ese momento ya

ha bajado hasta donde se encuentran sus compañeros— pero a mí no me gusta, es por demás, ¡así que ni lo intento siquiera! –Termina tajante.

-No le gusta porque desde *plebillo* arrastra una fijación mental terrible, ¡tan tremenda fue que lo *traumó al cabrón!* –Acusa Rudy inventando una historia- ¡verás, díle que te cuente!. -Filiberto se muestra interesado:

-¿Ah, sí? Ya decía yo que debía haber una razón...

-No le creas, hombre: ¡te está *piñando!.* –Exclama el aludido, pero Rudy continúa ceremonioso, si hasta parece la mera verdad:

-Fue testigo de una balacera fenomenal en un pueblo –por aquí cerca- que... ¡ríete de las del *lejano oeste!* Acto seguido rubrica sus palabras girando con fingida violencia y haciendo el ademán de desenfundar la pistola –que en realidad traía en la mano—parodiando a los *cowboys* al tiempo que produce dos disparos que silban en el tejado. Bernardo, que era el que más próximo estaba de Rudy, se lleva las manos a los oídos, cierra los ojos y exclama:

-¡Baboso! –Se encoge de hombros aturdido y da su explicación a Filiberto:

-En realidad siempre les he tenido una extraña fobia a todo tipo de armas, me acuerdo que cuando tenía unos nueve o diez años, mi Papá –que ignoraba o no imaginaba esa aversión mía- me regaló un pequeño rifle de municiones para que cuando fuéramos al campo aprendiera a tirarle a los conejos, liebres o de perdida a las *cachoras...*

-¿A las *qué?...* –interrumpe Filiberto—

-¡A las lagartijas, hombre, a las lagartijas! –aclara Rudy— aquí así se les llama: cachoras, síguele contando –conmina a Bernardo para que continúe el cuento de la escopeta...

-Pues resulta que mi Papá ni cuenta se dio –no me lo hubiera perdonado- que "al poquito" lo cambiara por un "patín del diablo" usado y defectuoso que apareció en el último rincón de un garage, ahora no sé si haga falta que te diga *¡de quién era* *el dichoso patín!.* –Terminó Bernardo, marcando con jocosa ironía sus palabras y mirando significativamente a Rudy, quién rió de buena gana, en tanto que Filiberto repuso asintiendo:

-Ah, sí; ¡ya me imagino!

Luego de las anécdotas *-¡tan falsas una como la otra!*- Rudy cambia el tema, al expresar:

-Bueno, bueno... ¡qué hacemos?. –Y dirigiéndose a su cuñado:

-Tú ya no quieres seguir tirando, le "sacas" porque te llevo "de calle" en las puntuaciones... ah, ¡ya sé! –Añade respondiéndose a sí mismo-- --vamos al cerro, ¿no?, ¡buscaremos conejos, liebres, "juanillos" tuzas o lo que sea!.

-¿Al cerro? –pregunta intrigado Filiberto- -¡cuál cerro?.

-Aquí cerca, ¡hombre!, como a un medio kilómetro, ven para que lo veas, a ver que hallamos, a lo mejor tenemos suerte de cazar algo, ah, eso sí, ¿eh?: Tenemos que ir caminando, subiremos hasta la cima que al fin no es muy alto, órale, vénganse; detenme mi pistola Nayo, voy a hacer la *transa* que te dije para sacar unas cocas...

Sin prisa, explorando aquí y allá inician, entusiastas, la caminata por el enmalezado breñal; al poco rato el calor los agobia, se despojan de las chamarras y Bernardo, que marcha ligeramente atrás de sus compañeros se ofrece a llevarlas. Filiberto le toma la palabra al instante:

-¡Órale: ya dijiste *boshito*! –al tiempo que se la pasa, haciendo otro tanto Rudy:

-Ya vas: ¡tú cárgalas pues! Al tiempo que advierte: -¡Miren, allá hay una noria! -señalando hacia un lado de la vereda, donde, efectivamente destaca un deteriorado pozo con trazas de haber sido abandonado hace mucho tiempo-, sorbe su *Coca-Cola* hasta la última gota y lanza con fuerza el envase con intención de precipitarlo hacia el fondo, pero se estrella en el borde.

-Uf, ¡fallé!

Se encamina al lugar y asoma medio cuerpo, apoyándose en el viejo mecanismo de extracción.

-Todavía tiene agua, -anuncia— "híjoles", ¡está bien honda!

Filiberto y Bernardo lo alcanzan y se asoman también. Bernardo arroja al interior su botella vacía, la cual se hace añicos al impactarse con las paredes de ladrillo, segundos después los fragmentos de aquella producen continuos chasquidos al chocar con el agua.

-Ya sé, -urde Rudy, yendo todavía más allá en su ociosa diversión-: -dispararé al fondo, ¡a ver como se oye! —Y uniendo la acción a la palabra, desenfunda su arma —tipo revólver- y produce un disparo cuya percusión hace retumbar las paredes de aquel, ¡la onda expansiva de la detonación casi los dejó sordos!

Filiberto mueve la cabeza de un lado a otro con gesto de desaprobación y los conmina a irse de ahí:

-Ya vámonos, ¡parece que no tuvieron infancia ustedes!

Se retiran del pozo haciendo bromas, el eco de sus risas rompe el silencio de aquel desierto paraje y retoman el camino que los lleva al cerro, ya muy cercano.

Se inicia el ascenso. De cuando en cuando se detienen al oír un ruido entre los matorrales, ocasionalmente hacen —ambos— algunos disparos, en otros momentos desisten de hacerlo al comprobar que sólo son ráfagas de aire que mecen algún arbusto. Por momentos suben corriendo al avistar entre rocas, rebajes, montículos y pequeños recovecos que surgen a su paso, la rauda huída de algún conejo despistado que se deja ver por ellos; todas sus maniobras son seguidas muy de cerca por Bernardo, que con una vara va subiendo marcando un surco por donde van pasando. Rudy se vuelve y le hace una observación:

-Nayo, no te nos vayas a perder, ¿eh?, tampoco te adelantes, porque si no te vemos puede tocarte un plomazo ¡y pa'qué quieres!, es mejor que vayas detrás.

-Si, tú -contesta Bernardo mientras apoya una mano en el hombro de su amigo, impulsándose hacia arriba para emparejársele y añade: --De maje me les voy a poner por delante, ¿no?

En ese paraje en que están reunidos, deciden hacer un alto en su expedición y se recargan o se sientan en alguna piedra enorme, para recuperar el aliento. Filiberto, con el arma empuñada pasa el dorso de su mano por la frente humedecida por el sudor que ha comenzado a brotar copiosamente; se retira el casco de la *Militar Police* que tomara "prestado" a su cuñado más pequeño, y hace una observación acerca del paisaje:

-¡Que imponente se ve el valle desde aquí, parece un tablero de ajedrez!, miren la línea del horizonte, si no fuera por ese cacto gigantesco que corta la línea... –señaló extendiendo el brazo y moviéndolo de izquierda a derecha, siguiendo la línea del horizonte que describiera.

-Se le llama órgano o cirio/sahuaro, aunque, claro pertenece a las cactáceas...

-Es la misma "ancheta", como dice mi'a'má. –Tercia Rudy.

-Y por lo que respecta -continuó Bernardo, dirigiéndose a Filiberto- -a que "corta" el horizonte y todo eso, ¡pues ese es el chiste!, Imagínate tomar una fotografía en color -pero no ahorita, en que el sol está a plomo- sino al atardecer, cuando caiga ya el crepúsculo; yo he nacido aquí y así viaje por el mundo entero, ¡jamás dejaré de extasiarme y de admirar mis atardeceres! La silueta de este sahuaro, cuando el cielo se pinte de naranja encendido, no es que vaya a *cortar,* más bien va a dividir el horizonte, ¡dando un efecto bellísimo! ¡no crees?

Rudy mete su "cuchara" en tono festivo:

-Viste, "güey", ¡pa'que aprendas!.

-Pues vamos a "echar un volado" para que vayas al carro y te traigas mi *"rollei flex"* ¡y nos retratamos!. –Repuso al punto Filiberto, volviéndose a su cuñado.

-A'pa cuñadito que me cargo, -protesta Rudy, fingiendo más que expresando enfado- ¡si serás zonzo!, ¿nos'tás oyendo que lo bonito de las fotos es más tarde?, al'hora de...¿de qué tú?

-Del crepúsculo...

-Ais'tá: ¡no hemos de quedarnos hasta que oscurezca!, órale –los apremia- ¡a seguir más arriba!

Continúan subiendo por unos diez o doce metros más, ya casi llegan a la cima. Bernardo decide apartarse un poco de ellos:

-Voy a terminar de subir por aquí, ia ver que hay pa'l otro lado!.

Los muchachos no le prestan atención porque en esos momentos descubren algunas liebres saltando por aquí y por allá, el eco de una ráfaga de disparos se deja oír repetidas veces en la soledad del campo. Con sus respectivas armas en mano —Rudy con una pistola tipo revólver calibre 22 y Filiberto una escuadra cañón largo calibre 22 también— corren apartándose ligeramente uno de otro, dando gritos de alerta y en pos de los animalillos. Entretanto, atrás suyo, Bernardo observa para todos lados utilizando una de sus manos como visera, a la altura de las cejas y situado en un nivel un poco más alto que en el que están sus compañeros. Hasta él llega la voz de Rudy llamándolo a gritos:

-Naayoo, vénteee, iya vámonoos...!

Bernardo no se demora más y vuelve sobre sus pasos, lo accidentado del terreno hace que tropiece varias veces; el declive de la ladera le obliga —por inercia— a avanzar con mayor rapidez mientras se encarga, con una mano, en cargar las chamarras y con la otra de apartar las ramas de los arbustos que embiste a su paso. Al fin alcanza el sitio en que se encuentran sus amigos: un terraplén o *rebaje* aproximadamente un metro más abajo del nivel en que se detiene.

-¿Qué?, ¿ya nos vamos? —Inquiere con la voz entrecortada por lo agitado de su respiración; el sudor escurre por sus sienes y lo limpia tallándose la cara con una de las chamarras. Rudy, sin mirarlo por ocuparse en revisar el cargador de su pistola, contesta:

-Sí, ya es muy tarde, itenemos hambre y sed, ¿Qué tú no?

-*¡Simón!*, seguro se cansaron de andar de *"safari"* iy nomás no cazan nada!

-A esta hora ya es muy difícil, además, iaquí no hay ni coyotes! —señala como justificación Filiberto, quien se halla, en cuclillas, recogiendo un puñado de balas que quedó diseminado por ahí, luego de que se le cayera –al flexionar la pierna– la pequeña caja de tiros que sobresalía de uno de los bolsillos traseros de su *"levi's"*.

Bernardo, desde el punto en que está situado, iba a preguntarle "por qué lo consideraba difícil", cuando al hacer un movimiento, su pie tropezó con algo, instintivamente bajó la vista y descubrió que se trataba de la escuadra que Filiberto estuvo usando todo el tiempo, y olvidándose del tópico de conversación, se inclinó lentamente hasta alcanzar a tocarla, con movimientos torpes, trémulos sus dedos, luego –controlando éstos- la asió con firmeza, irguiéndose resueltamente; la observó por unos segundos mientras la empuñaba en su mano y dedujo que Filiberto, al sentir que se le salió la cajita de tiros, la había puesto ahí, momentáneamente, sobre ese montículo al que él llega en este momento *y se acomide a levantarla.*

Se sintió incomprensiblemente sustraído de todo lo que ocurría en su derredor. Ni siquiera se fijó en lo que hacía Rudy con su pistola, ignorando si estaba cargando o descargando la granada del revólver. Su abstracción llega al punto que ninguna sensación ni estímulo externo le perturban, su mente imbuida por un extraño impulso, lo conduce como en una espiral del tiempo y en un movimiento concéntrico hasta situarlo en el punto más reducido de su perspectiva. Es allí –justamente- donde toman forma en su pantalla mental las imágenes propias y de su amigo Rudy, en torno al padre y a los amigos de éste –mientras inspeccionaban sus armas en el "stand de tiro" del Club Campestre- una tarde de verano de hacía un poco más de tres años. Claramente llega hasta sus oídos la voz de Rudy / niño (o, más bien ya adolescente):

*-"Pst, nada, mira: tomas la pistola, la sostienes con firmeza extendiendo el brazo a la altura de la barbilla, cierras el ojo izquierdo y te pones así –eso es- así, ligeramente de lado, levanta más el brazo, ahora no lo muevas, ah: y fija bien la vista en la mira, no parpadées y recuerda: no quites la vista*

*de la mira –que debe apuntar al centro del blanco y ASÍ NO FALLARÁS...*"

Mientras traía a sus pensamientos con toda nitidez aquel recuerdo, sus movimientos –como de un autómata– seguían las indicaciones que aquella singular retrospectiva le señalaba.

Ahora mismo mueve su brazo de un lado hacia otro y observa que la *mira* apunta al vacío, sí: en la posición –recta– en que extendió su brazo, la pistola solo apuntaba al horizonte sin fin, el quemante sol, a pesar de estar en el mes de diciembre, había avanzado mucho más allá del cenit, lo que obliga a Bernardo a entre-cerrar los ojos varias veces; enseguida comenzó –viendo que con el brazo extendido no había blanco posible– a inclinarlo instintivamente, lentamente, hasta configurar un ángulo casi agudo entre aquel y su cuerpo; repitió el movimiento horizontal y nuevamente de izquierda a derecha, de pronto la *mira* le señala un obstáculo que "corta" el horizonte: es el gran cirio/sahuaro de casi tres metros de alto, con sus dos brazos en forma de escuadra que se erguía a unos quince o veinte metros más allá de ellos, en la ladera del cerro, (el mismo frente al cual habían "tomado un respiro " recién iniciada la ascensión de la colina).

La *mira* había pasado de largo sobre el, pero casi inmediatamente Bernardo detuvo el movimiento del brazo y lo reanudó en sentido inverso hasta topar de nuevo con el sahuaro; luego mantuvo la vista fija sobre aquella, cerrando el ojo izquierdo; notó que podía sostener con facilidad y firmeza el artefacto, que, para su inexperiencia, se le antojaba enorme, aunque no la sentía tan pesada que cuando tenía por ahí de los catorce años, porque indudablemente era la misma arma, pero ahora –claro– él estaba más "crecidito". Se sorprendió al descubrir *que no era tan terrible* empuñar una pistola y que lo que había pasado todo ese tiempo ¡era simplemente que vivió sugestionado por lo contrario!, y aunque no dejaba de resultarle un tanto extraño, sintió que esa facultad le infundía –de algún modo– confianza.

Mantuvo por unos segundos más la vista fija en la mira, y

tras ésta el sahuaro, que se convierte así en el "blanco perfecto" (objetivo de su mano armada). De nuevo martillean en su cerebro las palabras con que siempre rubricaba su insistencia su amigo:

*"... ¡No va a pasarte nada, hombre! Dispara, dispara DISPARA!..."*

Casi al unísono se produjo el estallido de una bala; no supo en qué preciso instante había accionado el gatillo, pero hasta sus oídos llegó –de mayor a menor intensidad- el eco consecutivo de la detonación, cerró con fuerza los ojos –siempre lo hacía, como casi todo el mundo- al percibir un estruendo cercano, cuando los abrió miró en torno suyo y hacia los muchachos, de inmediato brincó -sin dejar de sostener la pistola- hasta el nivel donde estos se hallaban, al tiempo qué, como justificándose, expresó:

-Se... ¡se me disparó!.

Rudy frunció el ceño, se llevó la mano izquierda al oído y exclamó:

-¡Hijos, oye!, siquiera hubieras dicho *"agua va"* ¡me dejaste sordo! Luego de depositar su propia arma sobre la roca, extiende la mano derecha hacia la de Bernardo –que sostiene la otra— y añade: --¡dámela!

-¿Eh?, ¡oh, si, sí! –Responde turbado y con brusco movimiento la pone en manos de su amigo, como si –de pronto— sintiera la imperiosa necesidad de deshacerse de ella.

Enseguida Rudy se vuelve a su cuñado que se ha levantado ya y se encuentra dándoles la espalda y echado prácticamente de manos a pecho sobre el talud rocalloso; lo palmea con el dorso de su mano al tiempo qué, con desenfado, le dice:

-Fili, pásame tu funda y...ya vámonos, ¿no?

Con la leve presión que Rudy ejerciera sobre el hombro de su cuñado, éste –que hasta entonces Rudy y Bernardo caen en la cuenta de que permanecía silencioso— pierde el equilibrio y... se desploma sin fuerzas a los pies de los muchachos; ¡el estupor que les causa no tiene límites! Se miran uno al otro sin comprender la magnitud de lo que ocurre; Rudy es el primero en reaccionar, suelta la pistola y se abalanza sobre su cuñado que yace en el suelo con la cara inexpresiva, el casco de plástico de la "M. P." que portaba se le ha resbalado y su respiración comienza a ser entre-cortada.

-Fili... ¡FILI! –Grita convulsionándose, lo mueve, trata de reanimarlo y volviéndose a su amigo, exclama:

-Le diste, Nayo, LE DISTE, ¡EL FILI ESTÁ HERIDO!

-Eh, ¿qué? –Bernardo no puede articular palabra, sólo acierta a inclinarse y tratar junto con Rudy, de auxiliarlo; por fin logra hilvanar una frase: -Rudy, no... no comprendo como... como pudo suceder si yo...

-Ayúdame –interrumpe éste con nerviosismo- -vamos a voltearlo, hay que localizar la herida...

En ese instante Bernardo retira un poco su mano de la espalda de Filiberto y en ella aparecen unas manchas de sangre, grita:

-MIRA, ES AQUÍ, EN LA ESPALDA, ¡VAMOS A ENDEREZARLO MÁS!

En eso están, cuando el herido, haciendo un supremo esfuerzo y aferrándose a los brazos de los dos muchachos, logra con voz balbuceante expresar:

-N-no, no me... muevan, ¡no, POR FAVOR!

-Fili, es que... ¡tenemos que hacerlo!, trata de ayudarnos tú también, es, es necesario que camines –suplica Rudy- ¡nosotros te ayudaremos a hacerlo!, tenemos que llegar hasta el carro, ¿me oyes?, ¡por favor aguanta un poco!

Trabajosamente logran ponerlo en pie, pasan sus brazos por el cuello de ambos y lo abrazan por el costado. De esa forma inician, atribulados, el descenso.

Algunos metros más adelante Filiberto comienza a hacer movimientos torpes con los pies, sus piernas ya no lo sostienen, hace desesperados esfuerzos por apoyarlos con firmeza pero sólo logra dar repetidos traspiés y ahora es arrastrado materialmente por sus compañeros, que luchan con ansiedad por mantenerlo en pie. Luego, su voz entre-cortada, jadeante, deja escucharse de nuevo, mientras jala hacia sí los brazos que lo sostienen, mira a uno y a otro:

-No, déjenme, es... ¡por demás!, ¡no puedo dar un paso más!, déjenme les digo: acuéstenme mejor, no puedo ni...ni respirar, ¡ah, aaah!

El color ha huido de su rostro –que se ha tornado pálido- su boca se abre repetidamente y deja ver el músculo de su lengua como un estropajo seco y parduzco; por intervalos deja de respirar –como si hallara algún alivio con ello- pero sólo para volver a hacerlo con mayor ansiedad y agitación. Efectúa prolongadas inhalaciones con nariz y boca a la vez, y parecería que deseaba aguantar la respiración, se resistía pues, a expeler el aire.

-Es... ¡estoy muy mal!, ya les dije: mejor...no me muevan, ¡quie...quiero descansar! –Concluyó.

-¡No Fili, no! Tienes que hacer un esfuerzo más, mira –apremió Rudy aparentando sonreír -trata de seguir caminando, ¡ayúdanos para que podamos llevarte hasta el carro!, ¿sábes? La herida está en el hombro, (mintió, porque en realidad la tenía bajo el omoplato derecho, en plena espalda, pero lo hace para infundirle ánimos) no te asustes -continuó- te llevaremos al hospital enseguida, van a extraerte la bala y muy pronto estarás bien de nuevo, ¿verdad Nayo?

-Si, sí, ¡es cierto!, pero....Fili, por favor, ¡haz un nuevo esfuerzo! –suplica Bernardo.

Fili perdía cada vez más fuerzas; en este momento es prácticamente mantenido en vilo por sus compañeros, las puntas de sus botas van marcando un par de surcos en el polvo de la ladera. Así continúan un penoso tramo logrando avanzar sólo unos seis u ocho metros más, a causa de que el declive de los rebajes –que los campesinos en el sur llaman "terrazas" cuando siembran en las laderas de los cerros— se hace más pronunciado y podrían resbalar los tres juntos!. De nuevo se aprieta de los brazos de los muchachos, su voz es más apagada que antes:

-De ver...verdad, ¡no me muevan más!, ve...verán: cada que...

que respiro siento, ¡uf, ahrjj!, como un...¡un puñal en mis pul... pul...mones!, no puedo más, por piedad mucha...muchachos, ¡dé...jen...me ya!  —terminó diciendo con voz todavía más débil.

Las fuerzas lo habían abandonado por completo y doblando sus rodillas, se escurrió de entre los brazos que lo sostenían. Rudy y Bernardo cambian una mirada de aflicción y optaron por acomodarlo tendiéndolo cuidadosamente en el suelo.

-Vamos a descansar otro poco, -apunta Rudy- ¡luego tendremos que continuar bajándolo!

-¡NO! -discrepa Bernardo. – ¡no podemos seguir caminando con él!, no podremos llegar al carro, ¡si continuamos moviéndolo se va a morir! ¿no ves que no puede más?

-Y... ¿qué hacemos entonces? ¿QUE HACEMOS NAYO? Grita casi histérico.

-Ve tú a buscar un doctor, -es lo mejor- ve a avisar a tu casa, lo que sea pero pronto, corre a dar aviso, no sé...

-¿Y tú, Nayo?, ¿te quedas con él?

-¡Pues claro!. ¿qué otra cosa podemos hacer?, ¡yo lo cuidaré! -le contesta a gritos mientras se sentaba sobre una roca acomodando en su regazo al herido.

Rudy seguía en pie, con ambas manos en los bolsillos traseros y mirando el horizonte nerviosamente; sus ojos descubren —como a a un poco más de medio kilómetro de distancia-- el brillo del parabrisas del coche, fija en el la vista.

-Sí, sí, -dice cabeceando con inquietud- -voy a buscar al doctor Elósegui, pero y, ¿qué digo?, ¡chin! ¡lo que más siento es a mi hermana!, ¡Bety se va a morir cuando lo sepa!...¿qué les digo, pues, Nayo?, ¿Qué se hirió sólo?

-No, -eso no— te agradezco la intención, pero...¡diles la verdad! -estalló Bernardo- ¡¿pues qué otra cosa?! -Terminó con desaliento.

-Sí, la verdad, pero...¡cómo! —Insistía Rudy.

-Pues...empieza diciéndoles que...que me llamaste porque ya decidían irnos, que yo andaba apartado de ustedes porque ni pistola traía, que al acercarme a donde estaban –en el rebaje del cerro-- vi la de Fili que ahí la había puesto, me acomedí a levantarla y me apoyé en la roca para bajar al nivel de ustedes dando un brinco, que Fili estaba entretenido recogiendo las balas que se habían salido de la cajita, se levantó en el mismo momento en que se me salió el tiro en forma accidental (al impulso de brincar) y él, pues...él lo interceptó con su cuerpo, así fue ¿no?...

-A ver, a ver: entonces digo que –empezó a repetir Rudy— -ah,sí, bueno: que te grité para ya irnos, Fili –en el momento que tu llegaste— había dejado la pistola sobre la piedra para agacharse a recoger las balas que se regaron de la caja; en eso tu la viste, la levantaste para dárnosla nada más y al brincar se te disparó y fue ese momento en que Fili se paraba y...pues...le tocó el tiro, ¿okey?.

-¡Exacto!, está bien así –aprueba Nayo-- ¡pero anda ya! ¡no hay que perder más tiempo!.

-Espérame y...¿y las llaves?

-¿Qué llaves?

-Las del carro, ¿Cuáles han de ser?

Se aproxima al herido, toma el rostro en sus manos:

-Fili...las llaves, ¿dónde las tienes?

Al ver que el infortunado muchacho no contestaba, introdujo sus manos con frenéticos movimientos en los bolsillos del *vaquero,* en los de la camisa roji-azul a cuadros que vestía su cuñado y hasta en los de su chamarra, la cual sostenía Bernardo, no logró encontrarlas y éste se impacienta:

-¡Véte ya, hombre!, ¡cómo va a decirte de las llaves si ves como está!, además si no las tiene encima ¡será que las dejó pegadas en el switch!

-¿Y si no están, Nayo?. –Pregunta angustiado.

-¡Pues a ver cómo le haces, pero no pierdas más tiempo!

Rudy se dispone a echar a caminar cerro abajo, en el colmo de sus nervios –debió ser por eso— olvida que trae su propio reloj pulsera, se vuelve a Bernardo para preguntar:

-¿qué horas son?

Bernardo se toca instintivamente la muñeca y recuerda que no lleva puesto su reloj, luego recorre con la vista el brazo de Filiberto, lo levanta y ve que éste si lleva el suyo, lo consulta y contesta:

-Faltan cinco para las tres, ¡apúrale ya, hombre!

Rudy termina de bajar apresuradamente el cerro. No son pocas las veces que tropieza —y cae— continuando a todo correr por entre ramajos, pedruscos y choyales, tratando de llegar lo antes posible hasta el automóvil. Bernardo lo sigue con la mirada durante todos esos minutos hasta que su figura se pierde entre los mezquites y ya no ve por cual vereda tomó.

# SEGUNDA PARTE

FILIBERTO ha logrado reducir al máximo el ritmo y la intensidad de sus inspiraciones, está jadeante. Bernardo alcanza la chamarra de aquél, que había quedado tirada por ahí cerca y la acomoda cuidadosamente en su nuca, le habla tratando –como minutos antes lo hiciera Rudy– de darle confianza y además para que se mantenga despierto, que no se desvanezca:

-Fili, ¿puedes oírme?, descansa, ¿me oyes?, no te apures, ¡te pondrás bien, te lo juro! –Saca su pañuelo y seca con suavidad la frente sudorosa de su amigo.

Fili –entretanto– abre desmesuradamente la boca y trata con desesperación de jalar aire nuevamente con nariz y boca; una serie de sonidos guturales e ininteligibles fluyen de su garganta, seguidos de una espuma blanquecina y reseca, sus ojos –a punto de salírsele de las órbitas– miran con angustia a Bernardo, éste toca la frente y las mejillas del herido y siente con horror que está sudando frío: ¡la cara, las manos y todo su cuerpo se tornan fríos! Los minutos siguen pasando lentamente, pesadamente...

Fili abre y cierra su boca con desesperación, su cuerpo todo se estremece con terribles espasmos. Bernardo le toma una de las manos y trata de sentirle el pulso: ya no se lo encuentra; con torpes movimientos le abre la camisa reventando casi las costuras de los botones y haciendo saltar algunos, inclina su oído en el pecho, ello le permite percibir que el ritmo cardíaco es lento, ¡muy lento! Por momentos pareciera que el corazón acelerara sus movimientos de contracción y expansión, para volver luego a un estado de pasividad extrema. Bernardo retira angustiado su cabeza del pecho y observa ahora los gestos de su amigo, en tanto que a él lo invade un temblor de pies a cabeza.

Ve con desesperación infinita cómo Fili vuelve a abrir con ansiedad su boca, ¡está agonizando! –dice para sí— efectivamente: un doloroso estertor estremece el cuerpo ya casi inerte del herido, una última convulsión lo agita aunque en forma ya muy leve y...¡su vista queda fija en la nada!, poco a poco deja de producir sonidos, de vibrar su cuerpo, una quietud se apodera de él...Bernardo comprende –con horror— que su amigo ha exhalado el último suspiro; sí, no hay duda: ¡Fili ha expirado!...

El primer impulso de Bernardo es dirigir su vista en el horizonte: en ese preciso instante, allá a lo lejos, sus ojos perciben una prolongada columna de polvo que se eleva describiendo una curva y precedida por los destellos brillantes de los cristales de un auto; Sí, es Rudy que hasta esos momentos había llegado, por fin, al carro de Fili, lo puso en movimiento y dando tumbos por la brecha ha iniciado la marcha hacia la carretera y a la búsqueda de ayuda. ¡Demasiado tarde!

Bernardo permanece estático por unos segundos; luego levanta el brazo –ya sin vida— de Fili y consulta el reloj de éste: las 3.15 de la tarde –hizo cuentas— Rudy había tardado veinte minutos, más o menos, en salvar la distancia que los separaba desde la colina hasta el Club de Tiro; trémulamente dirige una mano al rostro de su amigo, las yemas de sus dedos apenas tocan los párpados yertos y los cierra cuidadosamente, al tiempo que musita:

-¡Dios mío ¿qué he hecho?!

Aún permanece ensimismado por unos segundos más; ahora el tiempo no cuenta. Sus muslos están entumecidos por el peso de los hombros y la cabeza de su desdichado amigo. La barbilla de Bernardo se halla clavada en su pecho, no tiene ánimos de levantar el rostro -¿para qué?- unas ramas resecas al lado suyo se mecen levemente por un vientecillo que apenas sopla, ajenas a la tragedia que vive; una hoja de papel ha quedado atorada en el yerbajo, allí, justo al alcance de su mano, Bernardo estira su brazo y la separa de las ramas acercándola a sus ojos para ver de que es:

-Es una nota , una pequeña factura ¿de qué será? −piensa-, luego lee: *"Joyería Arreola"* la dirección, la fecha: 24 de diciembre de 1958 a nombre de Filiberto Fernández y ampara la compra de un juego de aretes y anillo, y el precio pagado por ellos: *Mil quinientos pesos, 00/100, M.N. Bernardo comprendió que Fili hizo esa compra apenas el día anterior, como regalo de navidad, muy seguramente para Bety, ¡con quién se había desposado hacía poco menos de un mes!* Dedujo que al esculcarle Rudy el bolsillo de la camisa en busca de las llaves del auto, la nota se salió quedando atrapada en el arbusto.* Eso lo estremeció aún más de pesar y de angustia, ¡al ver cuán rápido puede acaecer una desgracia de esa magnitud!

Pasado unos minutos se reincorpora un poco, lentamente comienza a moverse, a mirar en derredor suyo. Lo primero que recorre con la vista  es el cuerpo de Fili: lo mira a todo lo largo, luego, extrañados, sus ojos se detienen en el entre-pierna del pantalón −un poco más abajo de la bragueta: la tela se ha humedecido de pronto--; Bernardo comprende y dice para sí:

-Ay, Dios, yo creo que...sí, ¡se  ha orinado en el último momento...!

Sigue paseando la mirada, ahora observa que ha quedado con las piernas extendidas, los pies −en los que calza puntiagudas botas− se hallan muy separados; una sombra se proyecta hacia el vértice formado por aquellas, sigue la vista hacia el punto que origina la sombra y experimenta ligero estremecimiento al darse cuenta que se hallan justamente frente a un *cirio—sahuaro* , sí, sí: -no hay duda- es el mismo que admiraran temprano, (cuando subían), mismo al que Fili "acusó" de que *cortaba el horizonte* mientras hacían un alto para descansar.

Bernardo lo observa detenidamente, escudriña los canales bordeados que lo surcan y el sin número de agudas púas que lo cubren. Le parecía de una belleza imponente, y es que nunca se había detenido a contemplar un sahuaro como ahora lo hacía. El sol, que avanzaba inexorable, alargó más la sombra que en los siguientes minutos sobrepasó el sitio en que se encontraba sosteniendo el cuerpo de Fili.

Su acuciosa mirada continuó escrutando los contornos del *órgano* aquel; de pronto sus ojos se abrieron asombrados para empequeñecerlos luego, como tratando de fijarlos bien en un punto determinado: ¡sí!, era estremecedor lo que veía pero... ¡no había duda! –sus ojos no podían engañarlo-: un poco más arriba de la mitad, más bien como a las tres cuartas partes de su altura,  el órgano –o cirio- sahuaro despedía un hilillo de humedad, ¿dónde se originaba?, pues...a unos veinte –o quizás treinta—centímetros arriba y el escurrimiento procedía de un orificio pequeño –casi un puntito oscuro- ¡que presentaba un ligero desgarramiento lateral en el surco!

Bernardo no supo acertar por qué, pero ahí –sentado como estaba— experimentó un especie de shock, algo como un relámpago; realizó un movimiento reflejo, como de incredulidad o duda— se echó hacia atrás y luego hacia adelante; por fin se decidió: colocó cuidadosamente la cabeza de Fili, dándole otro doblez a la chamarra, a manera de almohadilla, para que el rostro no quedara demasiado ladeado , se puso en pie como movido por un resorte y se plantó a escasos centímetros del sahuaro, miró muy detenidamente sin casi parpadear, el punto que lo inquietara de súbito...sí, era evidente que aquel orificio fue producido por un balazo y a juzgar por la sustancia acuosa que escurría, ello debió ocurrir hacía apenas unos cuantos minutos, no más de media hora.

Bernardo volvió a achicar los ojos, se mordía los labios, apartaba una y otra vez con sus dedos –como si fueran un peine- los cabellos que revoloteaban en su frente; hizo girar continuamente su cuello entre el sahuaro y la parte alta de la colina: cuando volvía la vista hacia arriba, sus ojos se posaban en el terraplén y montículo rocoso qué, siguiendo la línea ascendente, se hallaba a escasos doce o quizás quince metros y que es donde se produjera el disparo tomando como *blanco* el que ahora se convertía en objeto de duda.

No se cansaba de repetir la operación de trazar imaginariamente –varias veces lo estuvo haciendo-- la trayectoria que debió seguir su bala; en tanto que su mente reconstruía el impulso que tuvo y que jamás sabría a que obedeció –en mala hora lo hizo— de tomar aquella arma y revivir las indicaciones, siguiéndolas al pie de la letra, dadas por su amiguito, ¡nada menos que tres años antes!:

"*...No parpadées y recuerda: no quites la vista de la mira, --que debe apuntar al centro del blanco y así no fallarás...*"

Bernardo sacudió la cabeza y terminó por resolver:

-¡No hay duda! Acerté: el sahuaro está herido por la bala que disparé, es cierto –se dijo como justificándose—que casi siempre y como reflejo condicionado (y a todo el mundo le puede suceder) yo también cierro los ojos en el momento de oír un ruido intenso, sin embargo es evidente que ya había fijado la vista con mucha precisión, ¡DE OTRA MANERA NO LE HABRÍA DADO!

De inmediato lo asaltó otro pensamiento: "...pero entonces..." -se dijo— posando sus ojos en el cuerpo de Filiberto: --¿cómo es posible que acertara al sahuaro *si se supone  que ANTES ya le había dado a Fili?*,  porque es indudable que él se interpuso –al erguirse— entre mi objetivo y la bala.......hummm. –Se cruzó de brazos, tocándose con una de sus manos la barbilla y se limitó a murmurar de nuevo: -Hummm...aquí hay algo, *presiento que hay una pieza que no encaja,* tengo que averiguar cuál es, pero la cuestión es...--siguió diciendo para sí- ¿cómo, cómo haré para saberlo?

Volvió sobre sus pasos, se sentó en la piedra, junto al cadáver, lo miró, le tomó la muñeca y vio el reloj: ¡las 3:50 de la tarde! El sol iba en franco descenso. Empezó a cavilar, no podía evitar hacer frente a los pensamientos que se le agolpaban: -¿Y ahora qué?, vendrá una ambulancia –pensarán que aún vive– si vienen con Rudy su papá o también la Bety, al verlo – ¡y sobre todo al verme a mí!-- ¿cómo irán a reaccionar?, ¿y mi casa? ¡en la madre!, ni había pensado en eso: ¡mi Papá, con lo corajudo que es ¿cómo se irá a poner? ¿y mi Mamá?...¡hijo 'e' la!, ¡mi "jefa" se va a atacar!, mis hermanos, ¡al rato todo el mundo va a enterarse!.

Mil pensamientos revoloteaban en su mente que se dejaban venir como en cascada:

-¡Ah y la policía, LA POLICÍA...vendrá la policía y...¡me meterán preso!, aunque no...no pueden hacerlo, sólo tengo diecisiete años, ¡soy menor de edad!, de todos modos...¡algo irán a hacerme!, pero yo...¡yo no quiero ir al bote!, me detendrán –eso sí--, me pedirán que diga todo lo que ocurrió...¡TODO LO QUE OCURRIÓ! –repitió para sí– Rudy me pidió frenético que le dijera yo como contarlo, ¡que él no sabría cómo empezar!, pues ahora me acuerdo que, --la verdad– ¡él ni cuenta se dio! Y el Fili...¡menos!, ¡ojalá que no vaya a hacerse bolas! –Deseó con fervor.

Las 4.00 P.M.:- Bernardo continúa en espera del regreso de Rudy, en su derredor todo permanece igual: los arbustos son mecidos por el aire cada vez más fresco. Al frente, la inmensidad del valle marcado por las vías del ferrocarril, paralelas a la carretera; hasta sus oídos llega el pitazo del tren de las 3 –como siempre, va retrasado– con rumbo a Guadalajara, que en este momento lo siente melancólico y lejano, el peculiar sonido de los vagones al balancearse, el crujir de las ruedas resbalando por las vías le parece triste e interminable y mucho después de haber desaparecido de su vista, aún percibe el eco de su monótono rodar.

Con una vara aparta una tarántula enorme, y de aterciopelados pelos medio rojizos que ha aparecido por entre las botas del difunto, se incorpora, toma una piedra y con gesto repulsivo despedaza el arácnido. Son demasiadas emociones las que experimenta en esos momentos. Lo invade una pesadez, siente que está "cabeceando" y a punto de dormirse, no sabe cuántos minutos han transcurrido.

De pronto el graznido de unos pájaros que revolotean en derredor suyo y a lo alto del sahuaro lo despiertan completamente, está como aturdido, siente entumecidos los huesos de la clavícula, "... es por el peso de mi cabeza sobre los hombros y el pecho, hasta las vértebras del cuello me duelen..." –se dice- a ver a ver si no "me quedo *colti*". Se lleva una mano a la nuca y empieza a girar el cuello con pequeños movimientos. ¡creo que hasta estuve soñando!

Las 4.30...las 5.00 p.m......la angustiosa espera se torna insufrible, el viento sopla con mayor intensidad calándole los huesos; Bernardo levanta el cuello de su chaqueta tratando de cubrirse las orejas, se frota las manos cuyos dedos empiezan a entumecerse por el frío. En su estómago siente un molesto vacío, sin embargo ha perdido el apetito; con el avance de las horas y ante la proximidad del momento -¡inevitable!- en que tendrá que dar explicaciones, sus nervios comienzan a traicionarlo, no sabe qué pensar, experimenta un estado de desazón, de vergüenza –pero no de miedo— no teme por sí mismo, sólo le angustia la consecuencia moral del hecho: enfrentarse a la familia de su amigo, irremediablemente afectada por tan trágico suceso, ¡piensa en la suya propia! Un temblor lo recorre de pies a cabeza, se sienta nuevamente junto a Filiberto, toca su frente y sus párpados yertos, se le empañan sus ojos, quisiera llorar pero las lágrimas no fluyen. Oculta el rostro entre sus brazos cruzados, apoyándolos sobre sus rodillas.

Atardecía.

El 25 de diciembre (he oído decir a mi abuela) –pensaba para sí— es el día más corto, luego entonces no ha de tardar en oscurecer completamente y... ¿y si no llega nadie? ¿si por *angas o mangas* no regresa Rudy? ¿o si en lo oscuro de la noche, aunque lleguen al "Club de Tiro", no encuentran el cerrito éste por no distinguir las veredas?. ¿Qué voy a hacer aquí en el monte *y con un muerto?*...

Se *devanaba los sesos* en tales pensamientos, súbitamente se levanta y se sitúa al borde de la colina; se quedó mirando el horizonte sin parpadear: el cielo en lontananza se cubría con algunas nubecillas, débiles y dispersas que comenzaban a teñirse de tonos que iban de un rosa tenue a más fuerte –como algodones de azúcar– y ya más cerca del ocaso, los colores se tornaban del ocre al rojo encendido!

Más abajo, al pie del cerro y hasta algunos kilómetros más adelante, todo era ya penumbra, no se distinguía la vía del ferrocarril ni los contornos del *Club de Tiro* se notaban, a no ser por una lámpara eléctrica de un poste, cuya luz mortecina apenas si alcanzaba a distinguir y que muy seguramente había encendido el velador que cuidaba las instalaciones, el cual, junto con su familia, habitaba en un ejido agrícola cercano al gran canal de irrigación –también llamado *canal alto*– de tan inmenso valle, según habían comentado los muchachos, cuando se aproximaban al lugar. Ni siquiera podía ver las veredas más próximas que en caprichosa maraña se cruzan serpenteantes por entre el monte hasta alcanzar la carretera, que ahora sólo se adivinaba por las luces y el ruido de los vehículos que –raudos– circulaban en ambos sentidos.

Volvió a sentarse pero sin quitar la vista del vasto horizonte. De pronto, un estremecimiento lo sacudió, ahora caía en la cuenta: los tenues colores con que se vestía el celaje y que gradualmente aumentaban su intensidad, daban un efecto bellísimo al crepúsculo y era dividido en dos partes por la figura esbelta del sahuaro, ¡cuyos espinosos contornos se veían ahora oscurecidos! No pudo evitar dirigir la mirada hacia el rostro de Fili, posó nuevamente su mano en la helada frente y musitó:

–¡Nos tocó estar todavía aquí para ver este momento, Fili!, ¿quién iba a decir que en estas circunstancias? ¡Ahora ya no importa! –estamos aquí– *¡pero tú no puedes disfrutarlo,*

36

*amigo!, ¡Dios te permitirá que desde allá, puedas gozarlo cuantas veces quieras!*

Sus pensamientos fueron interrumpidos por el lejano ulular de una sirena; se puso alerta por unos segundos más, ahora ya podía escucharlo mejor: buscó con la vista tratando de localizar el punto de donde partía el cada vez más claro y persistente sonido, con ansiedad buscaba distinguir aunque fuera las luces intermitentes, si esto fuera posible. Por fortuna no tardó mucho en descubrir los faros de la ambulancia que dando tumbos, se acercaba dejando atrás una espesa estela de polvo, ahora mismo debía estar pasando por el "club" y...sí... ¡ya lo veía claramente!: no era uno sino dos vehículos que se aproximaban por el sendero hasta que no les fue posible avanzar más por lo escabroso del camino. Bernardo permaneció expectante, su excitación –por los nervios– iba en aumento; pudo percibir –aunque lejano– el golpe seco del abrir y cerrar de las portezuelas; se apostó a la orilla de la pendiente.

Al poco rato ya le fue posible escuchar el rumor de voces y distinguió al grupo que comenzó a subir por las laderas –no supo exactamente cuántas, pero intuyó que eran varias las personas que venían en su busca– pronto identificó la voz y figura de Rudy, a quien se dirigió sin pérdida de tiempo haciendo "bocina" con las manos:

–¡Aquií, AQUÍÍÍ RUDY!

–Ya vamos subiendo, ¡ya te vimos...! –Respondió aquél.

Unos metros más arriba, Rudy –que encabeza el grupo– detiene sus pasos y se dirige a Bernardo, inquiriéndolo con desesperación:

–¿Cómo está, Nayo?, ¿cómo sigue Filiberto?

–Muy mal, er...bueno ya...¡ya no respira! ¡apúrense mejor!.

Y aceleran su andar. Cuando por fin llegan, Bernardo lo acosa en tono angustioso:

–¿Qué pasó, Rudy? ¡¿Por qué tardaron tanto?!

–Es que...¡no estaba nadie en la casa, no localicé a ningún pariente, ¡a ningún médico tampoco!. Todo el mundo anda fuera de la ciudad o enfiestados todavía en distintas casas –me imagino– primero fui a dar aviso a la Cruz Roja, y estos señores que estaban de guardia estuvieron esperándome todo el tiempo a que regresara de "mis vueltas" para poder guiarlos hasta acá, tuve que localizar a mis papás que se cansaron de esperarnos y se fueron todos a comer a Guaymas, por fin di con ellos en el restaurant del *"Mar de Cortés"*, ¡mi 'a'pá no le dijo nada a nadie!, movilizó a todo el mundo y ya deben estar por llegar.

Efectivamente, la ambulancia de la Cruz Roja, que no cuenta con hospital propiamente dicho, ya que ocupa una antigua casona habilitada como delegación de tan noble institución, donde se dan primeros auxilios y curaciones de emergencia, ofrecidos gratuitamente por médicos que prestan sus servicios en sus propios consultorios, en alguna de las dos o tres clínicas particulares, Hospital Municipal o en la del Seguro Social de la localidad, llegó trayendo sólo al que fungía como chofer, a un doctor-practicante muy joven y a un auxiliar-voluntario, fue lo único de que disponían para venir y dar asistencia al herido, lo cual, de inmediato, procedieron a hacer. El reconocimiento y diagnóstico fue breve.

Rudy se aparta de su amigo y se aproxima inquisitivo al practicante de medicina quién sin esperar a que le preguntaran, espetó con sequedad:

-Este hombre debe llevar como unas dos horas de haber expirado...

Rudy, que durante todo ese tiempo y hasta llegar ahí alimentaba una leve esperanza de que quizás aún lo encontraría con vida, se desploma sobre su cuñado, abrazándolo y sacudiéndolo como tratando de reanimarlo:

-Dios mío, no puede ser, ¡Fili, FILII...!

Se levanta, se muerde los labios, mira hacia la nada llevándose las manos al rostro, su respiración es agitada, nervioso empieza a formular algunas consideraciones en voz alta:

-¡Y ahora?, ¿qué vamos a hacer? ¿y...y mi hermana? ¿cómo se va a poner cuando lo vea, Nayo? ¡es lo que más me preocupa!

Bernardo tiembla ligeramente, se halla de pie, cruzado de brazos frente al sahuaro, contempla en silencio el hilillo de humedad que emana del orificio que recién había descubierto --y ahora apenas perceptible por el inminente oscurecer--, trata de decir algo pero no fluyen las palabras. Hace desesperados esfuerzos por no llorar pues le conmueve profundamente el pesar y desesperación que embarga a su amigo, quién, sobreponiéndose un poco y con voz entrecortada pregunta:

-¿A...a qué hora fue, Nayo?

-Al poquito de irte, más bien cuando arrancabas en el carro, eran...eran como las tres y quince, ¡vi la hora en su reloj!

-¿Cómo ocurrió?

-Pues...así...así nomás...expiró mientras lo sostenía sobre mis rodillas, tal como nos dejaste cuando te ibas...

-¿Qué dijo, habló algo? ¿dijo algo referente a la Bety, digo acordarse, preguntar por ella o por alguien?.

-No dijo nada. ¡Ya no podía hablar ni moverse!

La voz de los ambulantes –que hablaban entre sí– los hizo acercarse a ellos para oír lo que decían:

-Hummm, ¿ya viste? –observó el doctorcito practicante– no tiene orificio de salida, la bala quedó alojada dentro, no hay hemorragia externa, va a ser necesario le practiquen un reconocimiento más profundo por el médico legista y eso si lo encontramos, yo *podría hacerlo* pero no estoy autorizado legalmente y menos firmarlo...

-Sí; hubiera sido mejor que sangrara –señala el ayudante-enfermero: así, al llevarlo a un hospital, inmediatamente una trasfusión y...

-¿Con más de dos horas de estar aquí, desangrándose?, ¡lo habríamos encontrado muerto de todos modos!: lo que tú dices es posible, siempre y cuando se hubiera atendido a tiempo. Luego, volviéndose a los dos jóvenes preguntó de manera impersonal:

-¿Quién fue?...

Rudy parpadeó, miró a Bernardo y bajó turbado el rostro, para no aumentar su aflicción.

-Yo...iyo fui! —balbuceó Bernardo con voz casi imperceptible y añadió: -se...se me salió el tiro al brincar aquí mismo, en el cerro, con la pistola en la mano y...

-Bueno, Bueno, --interrumpe el enfermero— eso...eso lo explicarán después, ahora vamos a bajarlo, ¡manos a la obra, porque ya casi es de noche!

Los ambulantes habían llevado una camilla tubular liviana pero provista de ruedas, que aunque plegable, si resultaría incómodo transportarlo en ella. Colocan el cuerpo y entre los cuatro --incluyendo a Rudy— la cargaron dos de cada lado (Bernardo los sigue cargando la chamarra y el casco blanco de plástico que portara Filiberto al salir de casa). El cuerpo resbalaba continuamente, obligándolos a detenerse cada trecho para cambiarlo de posición, tratando de no inclinar demasiado la camilla.

El descenso se hace de lo más lento y penoso, en un momento de descanso deciden retirarlo de la camilla y el chofer -ayudante (un tipo corpulento) lo levanta tomándolo de las piernas y se encamina llevándolo a cuestas; la cabeza y los brazos cuelgan por la espalda del hombre. Bernardo observa a los cuantos minutos de que lo lleva en esa posición, que el cuello y rostro inertes toman un color encendido y un hilillo de sangre empieza a escurrir por las comisuras de los labios y también por los oídos, percibiendo al mismo tiempo un ruido como de un líquido que se agitara en el interior de una cubeta, los detiene para advertirles sobre eso:

-Esperen, miren: le sale sangre por las orejas y por la boca, ya se le empapó el pelo y se oye *como sangre suelta... moviéndose...*

-Sí, -dice el practicante, que dirigiéndose al enfermero y al chofer: -vamos a cambiarlo de posición y evitar que cuelgue la cabeza. Luego explica: -Es que fue hemorragia interna, la sangre que se derrama de alguna arteria con que topó la bala, anda suelta por todo el cuerpo, vamos a sostenerlo de otro modo, ustedes –dice dirigiéndose a Bernardo y Rudy- ayúdennos con la camilla, nomás con cuidado ¡no se vayan a caer!...

Por fin, trastabillando y todo, llegan hasta la ambulancia, *una vagoneta –guayín/Chevrolet "Bel Air"del '53 color gris– provista de un faro rojo sobre el capacete, que había permanecido encendido y con la portezuela trasera abierta–* y que habían acercado cuanto les fue posible hasta el pie del cerro, utilizando una de las brechas que pasaban junto al "club de tiro". Colocaron el cuerpo en la camilla cubriéndolo con una sábana, deslizándola al interior, mientras el chofer la aseguraba en su lugar, la voz de Rudy se deja escuchar:

-¿Cómo nos vamos a ir?... ¿que se venga Bernardo conmigo?

-¿Quién? -pregunta el "practicante" dándose por aludido y reaccionando añade: -ah, sí, el joven...no, no; que se vaya en la ambulancia, tenemos que llegar a *dar "el parte", notificar el cadáver* a la Comandancia y que nos tomen el informe, él es el *heridor* y tiene que quedarse ahí a disposición de la autoridad. –Terminó tajante.

Ninguno de los dos objetó nada. Bernardo pasó al interior, situándose junto al cuerpo de Filiberto y afianzándose de la camilla para que esta no fuera a moverse demasiado. Junto al chofer se sentó el médico practicante, en tanto que el enfermero subió al coche con Rudy para acompañarlo y tomarle los datos de cómo sucedieron los hechos, para elaborar su reporte, mientras hacían el viaje de regreso a la ciudad. De inmediato ambos vehículos se alejaron del lugar.

Los últimos resplandores del oscurecer languidecían cuando se estacionaron frente a la Comandancia de Policía. Se hizo la notificación correspondiente y, sin más trámite, Bernardo Terán quedó bajo custodia en la oficina del Jefe de la Policía. Rudy Serra lo acompaña hasta ese sitio, Bernardo se hunde en un sillón de cuero, apoya los codos sobre las rodillas y la cabeza sobre sus manos; sin levantar la vista preguntó:

-¿Qué vas a hacer tú?, ¿vas también a la "Cruz Roja"?.

-N-no...me dicen que llevarán el cuerpo directamente al Hospital Municipal, al depósito de...yo voy a la casa porque toda la familia está por llegar -o ya llegaría— de Guaymas y...

-¿De Guaymas? -Interrumpe con desgano Bernardo.

-Sí, ¿no te acuerdas que te dije que íbamos a comer todos por allá?, llegó mi 'a'Pá —que no le gusta esperar- no estábamos en la casa ni el Fili ni yo y dijo *ivámonos!*. Por eso me dilaté en regresar, suerte que sabía que iban a estar en *Miramar,* en el restaurant del *Hotel "Mar de Cortés"*, no paré hasta localizarlos. Ah, oye, ¿quieres que vaya a tu casa?

Bernardo iba a contestar pero uno de los guardias que los observaba, lo hizo por él:

-Ya fue Gurrola —es el sub—jefe-- a avisar personalmente a los padres aquí del chavalo, me lo dijo al salir, también que el Jefe, *el mero mero de la Policía* está en camino —no ha de tardar en llegar- ¿qué? ¿es muy importante al que mataron, *plebes?*.

Los dos muchachos le lanzan una mirada fulminante, no le contestan nada y Rudy aprovecha para despedirse, disponiéndose a pasar el trago amargo de enfrentar a la familia en pleno.

La patrulla se detuvo frente al barandal de una casa ubicada en un suburbio de clase media, aunque no demasiado lejos de donde se ubica la de Rudy. El Oficial descendió, penetró en la propiedad por un andador de losas hasta el porche, tocó discretamente el marco de la puerta con tela de mosquitero. Sale una jovencita a atenderlo, enseguida regresa a la cocina donde tranquilamente cenan sus padres. —Papá, ahí te buscan, es de...

Roberto Terán era un hombre ya mayor, delgado, le faltaba algo de pelo, de oficio ingeniero electricista, titulado en el *Instituto Rosenkranz de Los Ángeles, California,* como lo atestiguaba el Diploma que colgaba en la sala de su casa y que data de finales de la década de 1920'S. Dio un sorbo a su café mientras masticaba un buñuelo.

-¿Quién? ¿de dónde dices?, ¡habla muchacha!.

-Que de la Policía, ¡dijo que es el Comandante Gurrola!.

-¿De la Policía?, ¡Jesús! —Exclama la madre.

-¿Gurrola, dices?, ah, sí, es el sub-Jefe de Policía, ¿Qué querrá? ¡voy a ver!.

Enseguida empieza a preguntar al sub-Comandante y éste le invita a salir hasta la banqueta; mientras recorren el andador le notifica el acontecimiento en que está envuelto su hijo. El Oficial se despide con cortesía pero le recomienda que acuda lo más rápidamente que pueda, pues el Jefe querrá hacerle algunas preguntas. Don Roberto Terán le ofrece que desde luego se trasladará acompañado de su mujer, al precinto Policiaco, ver al muchacho y enterarse de cómo sucedieron esos hechos, a los cuales no da crédito.

Regresa al interior de la casa, se pone una mano en la cintura y la otra la apoya con los dedos separados sobre la mesa del ante-comedor, mueve la cabeza de un lado a otro, sin poder ocultar su aflicción. Su mujer alza la vista momentáneamente y vuelve la mirada al periódico que lee, luego pregunta sin mostrar mucha curiosidad:

-¿Qué quería *ese*?

-¡Tu hijo!

-¿Eh...? --Hasta entonces reacciona, se pone en pie y se aproxima a su marido, tomándolo de los hombros e interrogándolo nerviosamente: --¿Cuál? ¿De quién hablas?

-¡De Nayo! -¡de quien había de ser!

-¡Qué pasa con Nayo, qué te dijo ese hombre?

-No pasa nada con él -¡él está bien!- ¡pero en menudo embrollo se ha metido! ¡hijo'e'la chingada! ¡Esa costumbre de andar con amigos *riquillos,* con esos libertinos que andan por donde se les antoja, ¡tomando las calles en sus carros como si fueran autopistas!, *unos verdaderos rebeldes sin causa* —como les llaman ahora- o que también ¡no se la llevan más que usando o jugando con armas! ¿Tu sabías —o sabes— donde se ha pasado el día hoy? a ver, contesta: ¿lo sabes? ¡dime!

-Pues...¡no!; sé que muy temprano se fue a felicitar a mi comadre —como siempre— pero...

-Pero ¿y después...?    -inquirió expectante el marido y añadió-: ¿sabías que después se fue de cacería?

-¡No sé!, ¿cómo voy a saberlo?, salió en su bicicleta nueva y no me preocupé porque de seguro –pensé– ha de andar presumiéndole  a sus amigos!, hay veces que *raya el día*  sin pararse aquí, y sólo está en la casa de al lado –o de más allá– además si están aquí, no puedes verlos que pongan la radio o sus discos a todo volumen porque de todo te molestas, ¿cómo voy a impedirles que salgan?.

-¡Pues ahora está en la cárcel! –Acota el señor.

-¡Cómo!

-¡Como lo oyes!, por allá en el monte, andaba con el chamaco de Serra y con el yerno; ¡le dio un balazo!, lo mató, mujer, ¿lo oyes? ¡mató a uno de ellos!, y ahora...¡ahora no sé cómo haremos para sacarlo del lío!

-Vamos Roberto –apremia la mujer-- ¡tenemos que verlo!

-Claro que tenemos que  verlo ¡y  a mí me va a oir ahorita mismo!

El Jefe de la Policía, Comandante Armando Ballino, era un hombre corpulento aunque sus facciones no eran toscas, su forma de expresarse mesurada y su aspecto, en general, amable; vestía un pantalón vaquero y una chamarra del mismo estilo, camisa a cuadros, dos cordones fijados en su cuello –a manera de corbatín– con una chapa corrediza de plata, sobre ésta se ve una calavera de vaca con grandes cuernos tallada en hueso y los  cordones con punteras del mismo metal en los extremos, un poco más abajo del esternón. Tocaba su cabeza con un sombrero texano y se hallaba cómodamente instalado en su oficina, recargado a  todo lo ancho, su brazo izquierdo descansaba en el respaldo de su sillón giratorio y con la derecha –ahora mismo–hace girar sobre el escritorio el arma homicida. Su voz –pausada- se deja oir:

-Al cargador le faltan cuatro balas y tú solo disparaste en una ocasión...

-Ya se lo dije, --replica excitado Bernardo, sentado frente a él— ellos son los que la usaban...ellos estuvieron tirando, ¡ya le expliqué como sucedió todo!

-Sí, sí, ¡tranquilízate!, no va a pasarte nada, fue un accidente, ¿no?, mañana tendrás que rendir tu declaración formal, es preciso que tal y como sucedió, así mismo lo declares, sin omitir nada, ningún detalle por insignificante que sea, deberás pasar por alto...

El sub-Jefe Gurrola le interrumpe para anunciarle que han llegado los padres del muchacho.

-Que pasen.  —Enseguida se pone en pie para ir a su encuentro.

-Señor Comandante, Buenas noches...

-Buenas noches señor Terán, señora, pasen ustedes, siéntense, háganme el favor.

Al entrar y ver a su hijo aplastado materialmente sobre uno de los sillones, la mamá es la primera en abalanzarse materialmente sobre el chico:

¡Nayo, mi'jo, ¡pues qué pasó mi'jito! —Exclama la señora. Se abrazan. Bernardo oculta el rostro en el pecho de su madre. Roberto Terán —su padre— observa la escena y sin esperar más empieza a recriminarlo:

-¡Muy bonito,...muy bonito!, ahora sí te va a llevar *la trampa* y todo por no hacer caso, por andar en la vagancia desde que el día amanece y con amigos que...

-Señor Terán...  -interviene el comandante-  por favor... venga un momento.

-¡Pero es que no puedo evitar...! -El comandante lo toma del brazo y con sutileza lo conmina a que lo siga: -Ande, ande, ¡venga, hombre!

Tras cerrar la puerta, salen a la *barandilla;* el comandante —con el sombrero en la mano— se rasca la nuca y apoya el otro brazo sobre el panel de radio-control, lo mira fijamente y le habla en voz baja:

-No creo que deba regañarle, no es el momento...

-Es que usted Comandante, no sabe lo que es lidiar con estos muchachos de hoy....

-Pst, Lo sé y además lo comprendo muy bien, pero, piense usted cómo se siente ahora: es sólo un chamaco ¡y pudo ocurrirle a cualquiera...!, ahora lo que me preocupa es toda esa gente ahí afuera; hay familiares de ustedes, amistades de las dos familias que quieren verlo, hablarle, pero entre todos ellos hay muchos periodistas que quieren oír de viva voz la versión de los hechos, quieren que el muchacho les cuente como pasó –algo que ni usted ni yo sabemos bien a bien— sin embargo debe autorizarlo, claro que no tiene que hacerlo...si no quiere; pero yo diría que de una vez...por quitárnoslos de encima, ¿sabe?, sólo le pido que no lo interrumpa ni intervenga para nada, y lo prometo que sabré cuando dar por terminada sus declaraciones, es que a estas horas ya todo el pueblo está enterado y pues *al mal paso, darle prisa, ¿no?*....

Los dejaron pasar.

El Jefe de la Policía les advirtió a los tres o cuatro reporteros que se *colaron* con los visitantes, que dejaran al joven que les narrara los pormenores del accidente sin interrumpirlo y que al final no debían hacerle cada uno más de tres preguntas ni tomarle fotos, así que el que trajera alguna cámara debería dejarla sobre la *barandilla.*

Los padres de Bernardo estuvieron presentes en la entrevista y atendieron a algunas personas muy allegadas que se acercaron no por morbosidad, sino para hacerles ver que lamentaban lo sucedido y mostrar su solidaridad a la familia. Inmediatamente después se retiraron para ir a buscarle alimentos y cobijas, obteniendo la promesa del Comandante Ballino de que desde luego no lo mandaría a pasar la noche a ninguna celda o *galera,* que el muchacho podía quedarse en su oficina todo el tiempo que vaya a ser necesario y qué, inclusive, podía usar su sanitario privado para asearse, mientras se resolvía su situación jurídica.

Eran pasadas las diez de la noche, cuando media ciudad estaba ya enterada del infausto acontecimiento; Bernardo, entretanto, continuaba recibiendo la visita de más parientes y amigos, unos se iban y otros llegaban; de las últimas personas a quienes les fue permitido hacerlo, fue al propio ingeniero José Luis Serra, a quien acompañaban su hijo Rudy y el Padre Toyos –Párroco de la ciudad– quienes abandonaron momentáneamente la capilla ardiente instalada en el *hall* de su residencia donde velaban a Filiberto, su yerno, para ir a verlo.

-¡Ingeniero! -exclamó al ver entrar al grupo-- -Yo... créame usted: ¡lo siento muchísimo!, no sé cómo explicar... --se interrumpe al ver al Sacerdote-: -Padre, ¡ha venido usted...!... er....¡¿cómo está Bety?! Díganle que....

-Cálmate, -el Padre Toyos toma la voz- -hemos venido porque tenemos interés en que estás tranquilo, que no te preocupes por nada, ellos añadió dirigiéndose a sus acompañantes- -son muy cristianos, también muy bondadosos y también comprenden como debes sentirte tú...

El ingeniero Serra lo secunda:

-Sí, Nayo, mira: ya Rudy nos ha contado como sucedió todo, ¡queremos que sepas que de ninguna manera te abandonaremos!, aquí el Padre Toyos lleva horas platicando con mi hija –desde que se enteró al oscurecer-- la ha estado acompañando, fortaleciéndola ante esta desgracia, ha hablado también con toda la familia y creemos que ante lo inevitable pues...tendrás que sobreponerte, tienes que hacer un esfuerzo, el mismo –o más, en tu caso– que el que vamos a hacer todos para...superar esto. Ahora que por nuestra parte...debes saber que no pediremos nada en contra tuya, queríamos que lo supieras desde hoy mismo, fue un accidente muy lamentable y mucho más terrible para Bety, pero más lo lamentaríamos si en vez de que te hubiera ocurrido a ti, el tiro se le hubiera salido a Rudy, ¿te imaginas, muchacho? El pesar para mi hija y para todos nosotros, incluso para la familia de Filiberto, pues, habría sido todavía mayor: saber que *un propio hermano*...¡no, no! ¡ni siquiera queremos imaginarlo!, y es que una desgracia como ésta... ¡nos puede pasar a cualquiera! Hemos pues, considerado todo eso y no queremos que vayas a sentirte mal. Ni ahora ni en el futuro...

Bernardo, con voz trémula, quebrada por la emoción, sólo acierta a expresar:

-¡Gracias ingeniero!, no tengo palabras para agradecer... agradecer...todo esto que me dicen, me reconforta muchísimo, yo...hubiera querido que esto no pasara, pero... -Y ya no puede continuar articulando palabra.

-¡Dios es muy grande en sus designios, muchacho! -interviene el Padre Toyos- -Él sabe por qué hace las cosas... ya hablaremos en los próximos días, ¡Dios te dará fortaleza a ti también, para que superes esta desgracia! por ahora no pienses demasiado en ello. Le da una discreta palmada en el hombro y en voz baja le reitera su disposición para conversar con más calma sobre lo sucedido...

A la mañana siguiente –viernes 26 de diciembre de 1958– aún no son las 9 y el Sub-Jefe (Gurrola) se dirige al muchacho, el tono de su voz es algo áspero:

-¿Has desayunado ya?

-Sí, mi Mamá y mis hermanos vinieron temprano a traerme; también algunos amigos me han traído fruta y dulces, ah, también una prima me trajo una bolsita de *kisses, ¿quieres unos?*

-Mejor tráeme a tu prima, para que me los dé ella...

-*Me refería a los "chocolatitos"*...

-Yo también..."*pero en inglés*"

-*¡Úfale! Pues esos vas a tener que pedírselos tú:* ¡trabaja aquí junto, en la maderería!

El Sub—comandante emitió un sonido gutural parecido a un gruñido, acompañándolo con un gesto como de forzada sonrisa y le cambió de tema:

-Oye y tu Papá, ¿también vino?

-No.

-Pues debería..., lo digo porque dentro de un rato te llevaremos a la Agencia del Ministerio Público y a las "de a fuerzas" debes ir acompañado del padre o tutor, él debiera saberlo, ¿o que nó?

Bernardo se encoge de hombros sin dar importancia al comentario, se incorpora de donde está sentado y se dirige a un extremo de la oficina, situándose frente a la ventana, luego, acciona el cordel de la persiana entornando las hojas y poniéndolas en posición paralela, continúa su juego repitiendo la operación en forma mecánica dos o tres veces más; aligera la garganta y con voz firme expresa:

-El Comandante Ballino me aseguró que no me llevarían a ningún lado hasta que no venga el abogado de la familia....

-¿De qué familia? ¿de la tuya o de la del *difunto*?

-Nuestro abogado.

-¡Ahh, ya tienes abogado! Y, ¡ya has hablado con él?

-Sí. Vendrá enseguida...

-Pues apúrenle porque es un requisito de ley, a lo mejor el Agente del Ministerio Público ordena una *"reconstrucción de los hechos"* y tendremos que llevarlos al lugar donde fue, a ti y al otro, a tu amigo, -¿cómo se llama?-

-Rodolfo, Rodolfo Serra...

-Pues ya debería estar aquí, ¿no crees?

-Yo no sé nada de eso, además ya te dije que no voy a ningún lado ni voy a decir nada hasta que no venga el licenciado...

-¿Qué licenciado es? -Pregunta el policía, sin disimular su curiosidad.

-El Licenciado Alvirez Taboada.

Gurrola arqueó las cejas e hizo un gesto de asentimiento. Conocía a ese abogado, era uno de los mejores de la ciudad y también un reconocido Notario.

-Ajá, está bien; pero ojalá no se demore mucho, antes de las doce del día debemos haberte presentado a la diligencia judicial. Esas son las órdenes que me dieron. Terminó en un tono más suavizado y salió.

Bernardo no lo vio salir. Permanece impasible. Se quedó pensando en muchas cosas. Un cúmulo de ideas se agolpaba en su mente: Recordó al Lic. Raúl Alvírez Taboada. Era una suerte que estuviera en la ciudad; nadie le aconsejó que lo llamara. Simplemente lo hizo. Le conocía bien desde hacía como tres años, en que acudía a trabajar con él en el Despacho Jurídico que compartía con otro colega qué, por cierto ahora se hallaba en la ciudad de México con motivo de las fiestas de fin de año.

Originalmente iba a colaborar de auxiliar -*"office boy"*- con ambos durante sólo unos meses, pero ello se prolongó por casi tres años en que estuvo aguardando que sus padres lo mandaran a la capital del país a continuar estudiando. Siempre se han portado, ambos, gentiles conmigo –seguía diciéndose para sí– y todos sus empleados, secretarias de las dos Notarías y otros colaboradores, así como muchos de sus clientes que ya me conocen se mostraron desde el principio afables y cordiales conmigo, seguramente porque les caía en gracia que siendo casi un niño, fuera tan inquieto, tan ágil y siempre dispuesto a aprender y a servir, incluyendo a sus familias (sobre todo la del propio licenciado Alvírez Taboada) y hasta su suegra, -dama de mediana edad, guapa, culta, distinguida, fuma con mucha elegancia y además muy simpática a quién cariñosamente llaman *Lucha*, originaria y residente de la ciudad de México que los visita con frecuencia- me dispensan todos una estimación muy especial.

Fue precisamente la señora *Lucha* quien siempre está con ellos por esta época navideña, la que le contestó y a la que le conoce muy bien la voz, además de que siempre que se dirige a él, lo llama *Chato*. Le tranquilizó mucho saber que cuando le llamó a su casa esa misma mañana –muy temprano, antes de las 9 horas– ya estaban enterados de lo que había pasado y que justamente hacía sólo unos minutos lo escuchó comentar que planeaba ir en mi busca "para ver cómo estuvo a la cosa" y de qué manera ayudarle.

El ruido de un automóvil que se aproximaba lo sacó de su abstracción. Era precisamente el Lic. Alvírez que estacionaba ahora mismo su *"De Soto//Diplomat '58"* frente a la Jefatura de Policía. Nacido en Hermosillo, capital del Estado, por lo general aparenta ser un poco reseco y hasta hosco, pero eso sí: muy franco en su manera de expresarse –como todos los sonorenses- pero en realidad, cuando ya se le conoce, es muy jovial, de gran inteligencia, posee una personalidad transparente, bien definida que inspira confianza –característica muy útil y además muy exitosa para su profesión— pues le permite el aprecio y reconocimiento de los hombres de todos los niveles socio-económicos y políticos de la región; ni feo ni guapo, pero, de alguna manera resulta atrayente para las mujeres. De aproximadamente unos 34 años, casado y padre de 5 hijos: cuatro encantadoras nenas y un varón de poco menos de dos años de edad. Entra muy quitado de la pena, preguntando por Bernardo y medio silbando una melodía:

-¡Qué pasó, Bernardo!, ¿cómo estás?, ¿nervioso?

-Hola "lic", gracias por venir....pues sí, mire, ¡si estoy un poco nervioso!

-No tienes por qué estarlo, mañana mismo -o a lo sumo pasado mañana- ¡te sacaremos de esto!

-¿Y si no quieren "soltarme"?

-Saldrás –afirma con aplomo— no sé casi nada de tu *pedo pero cuéntame todo.* Dime cómo paso realmente y no omitas ningún detalle, tómate el tiempo necesario, quieres un cigarro, ¿ya fumas? –le pregunta con naturalidad mientras enciende un *"Camel".*

-No, gracias, no me gusta.

Bernardo inicia su relato partiendo del momento en que se hallaba en el cerro y le gritó Rudy avisándole que mejor ya se viniera a donde estaba él y su cuñado pues ya decidían regresar. Al llegar a la parte de los hechos, con toda premeditación *omitió* –aún no sabía exactamente por qué el episodio de su resolución de efectuar un disparo –la primera vez en su vida que lo hacía— cambiando el hecho *real* por uno ficticio pero que resultaba más lógico y menos comprometedor: él nunca había usado una pistola –nadie ignoraba eso— así que *todos creerían* que al tomar el arma, ponerse en cuclillas y pegar el brinco al nivel en que se encontraban los otros dos muchachos, fue que se produjo el disparo –involuntariamente– que por desgracia alcanzó a su amigo cuando se erguía tapando la cajita de balas.

Le explicó con amplitud como fue que levantó la pistola, lo de apoyarse en las mismas piedras y brincar empuñándola:

-Entretenidos como estaban –siguió diciendo– no repararon de inmediato en mi presencia y es que Rudy atendía su arma, no sé si cargándola o descargándola ¡qué se yo!, traía la fornitura en la mano –quien sabe qué tanto le hacía– el cuento es que preparaba las cosas esas para ya irnos; mientras, su cuñado Filiberto lo vi agachado –o en cuclillas- recogiendo, apurado, un montón de balas que se regaron por el suelo al salírsele la cajita de tiros que llevaba en el bolsillo trasero del pantalón, fue en el momento de brincar que se me disparó la pistola, al mismo tiempo que Fili se levantó de improviso y...pues...¡ le tocó el balazo!...

Bernardo no habló más. Desvió la mirada hacia la ventana, visiblemente turbado. El abogado le observó por unos instantes. Se puso en pie encaminándose al escritorio, buscó un cenicero, aplastó la colilla de un segundo cigarrillo y abrevió:

-¡Muy bien, lo describes muy bien!, nada más habla menos fuerte y menos rápido, noto que por momentos te emocionas demasiado y medio atropellas las palabras. En fin, no alarguemos más el asunto. Vámonos ahora mismo al Juzgado, el Ministerio Público debe estarnos esperando, y ya sabes: tal y como me lo has platicado a mí, así lo harás allá, ¿entendido? Una cosa más: fíjate bien en las horas y todos los detalles esos...

-Us...¿usted entrará conmigo?.

-No. Pero no estaré lejos –a menos que no pongan objeción– pero en todo caso debo mantenerme a cierta distancia, para que mi presencia no influya en tu declaración y lo que sacaríamos es distraerte, no creo que la diligencia vaya ser demasiado larga, de todos modos no está de más que tengas en cuenta varias cosas...

-¿Como cuáles?

-Debes saber que el Agente cuando te interrogue, volverá una y otra vez a la carga –a veces sutilmente y otras en forma deliberada— haciéndote preguntas que *ya antes habrá hecho,* sobre cosas que –según él— no las entendió bien, no estuvieron muy claras y querrá que las relates de nuevo; si esto ocurre, no tienes que ponerte nervioso, tampoco lo atosigues extendiéndote en detalles por los que no preguntó. *Ellos* hacen lo indecible por confundir al declarante, pero no creas que es con mala intención, -al menos no del todo— lo hacen para asegurarse de dos cosas: o bien que se esté incurriendo *en falsedad* por estar cambiando detalles del relato o ampliándolo demasiado sin que lo requiriera,   o bien que el indiciado muestre evidencias de estar *"super-aconsejado".*

-¿Cómo logra saberlo?

-Ya te dije: haciendo giros en las preguntas es posible detectar eso. Inclusive si la persona usa las mismas palabras o intercalar otras que no vinieran al caso, etcétera; también va ser importante y hasta *decisivo* que tu declaración coincida con la del otro muchacho, él no fue detenido –es cierto— pero me enteré hace rato que recién acaba de asistir a declarar sobre los hechos.

-¡Cómo! –inquiere sorprendido Bernardo- ¿alguno de los licenciados del Despacho se lo dijo?

-No. Venía directamente de mi casa pero adonde sí pasé fue al Juzgado, quise averiguar quién estaba a cargo en este turno: es el Licenciado Vera --amigo mío— y me interesaba en primer término ver el informe de los ambulantes de la "Cruz Roja" y el "parte policiaco" elaborado anoche junto con el del médico forense que examinó el cuerpo, y me enteré porque ahí mismo me encontré  -y saludé— nada menos que al ingeniero Serra y el chamaco de él –el que iba contigo-- ¿Cómo se llama?

-Rodolfo.

-Ah, sí; pues me interesa que tanto la versión que acaba de dar Rodolfo –no tuve tiempo de leerla– como la declaración que vas a rendir tú ahora, coincidan totalmente; la cosa va a resultar sencilla si no incurren en contradicciones –no creo- además tienes muchas atenuantes...bien, ¡vamos pues!

-Espere, --advierte Bernardo reteniéndolo de un brazo mientras señala donde está dos vehículos policiacos incluyendo una camioneta "panel"--¿me llevarán en *"la perica"*? ¡ni que fuera un criminal!, no, yo quiero que me suban en *esa*. –Termina con aflicción.

-¡Tienes razón! -observa Alvírez— --no te preocupes, no van a tratarte como delincuente, ahorita arreglo eso: les diré que desde este momento yo respondo jurídicamente por ti y que yo seré el que te lleve y te traiga de regreso, espérame...

Así lo hace: cambia algunas frases con el Sub-Comandante Gurrola quien se halla en la Barandilla hablando por teléfono, éste asiente con la cabeza y enseguida Bernardo es llamado para abordar el auto de su abogado.

Mientras realizan el trayecto, en el radiorreceptor se deja escuchar la voz del cantante Lucho Gatica:

*"...amor mío, tu rostro divino, no sabe guardar secretos de amor: ya me dijo que estoy en la gloria de tu intimidad, ¡cuanta envidia se va a despertar, cuantos ojos nos van a mirar!, la alegría de todas mis horas, prefiero pasarlas en la intimidad: olvidaba decir que te quiero con todas las fuerzas que el alma me da, ¡quién no ha amado, que no diga nunca que vivió jamás!..."*

-¡Casi no se le olvidaba nada al cabrón! –Alvirez formula este comentario, a propósito del último tramo de la canción, apaga el radio y retoma el tema que los ocupa, abundando un poco más en las indicaciones que juzga importantes sobre los términos en que debe efectuar su declaración, cuáles son sus derechos, etc.; de pronto, Bernardo recuerda algo que de inmediato consulta con el licenciado:

-Ah, una cosa "lic"...

-¿sí?

-Ese *"amigo"* el Sub-Jefe...

-¿Gurrola?, ¿te dijo algo?

-Sí; una bola de cosas, averiguándome del accidente y hasta me dijo que a lo mejor el juez puede pedir una "reconstrucción de los hechos" y yo, pues...la verdad francamente no quisiera ir otra vez allá: ¡ni ahora ni nunca!.

El Lic. Alvirez suelta una risotada y dice:

-¡Ah, sí!, con razón al entrar y preguntarle dónde te tenían, me contestó: *"...ahí lo tenemos al chavalo ése: bien guardadito en la mazmorra...pero en la del Jefe, por cierto hasta le di una asustadita con una bola de cosas que le dije..."* yo no le presté mucha atención porque así son estos *cabrones, y tú eres muy pendejo, porque te estaba "carneando" ¡y ni cuenta te diste!.* Ahora que –por si quieres saberlo- en otras circunstancias sí es común que se lleve a la "reconstrucción" al indiciado y a todos cuanto intervengan en un hecho de sangre o de cualquier *acción delictiva,* como también ante la inconformidad de un fallo emitido por un Tribunal, etcétera, en tu caso pues claro que <u>no harán eso.</u>

-¿Por qué?

-Pues porque es algo que se tipifica como "homicidio imprudencial", aparte también me enteré que al muchacho éste....--al muerto- le dispensaron la autopsia, ¿sabes lo que significa eso para ti?

-No.

-Hace un rato, antes de salir, te hablé de que había muchas *atenuantes a tu favor...*

-¿...? -Bernardo lo mira inquisitivo.

-Pues eso de la *dispensa* es una de ellas.

-¿Cómo supo eso, "lic"?

-Leí el informe que elaboró el médico legista al hacerle un examen minucioso al cuerpo, anoche mismo, antes de entregarlo a la familia.

-Entonces es muy importante eso de la *autopsia*. –Observa interesado Bernardo.

-Muy importante. El no habérsele practicado anula toda posibilidad de considerarse un hecho delictuoso. Ahora bien: solamente en muy contadas excepciones puede resolverse el otorgar la *dispensa* y éste, fue considerado un caso especial.

-¡Oiga, que interesante!, ¿qué más decía el informe médico? –Indaga.

-Pues, puros tecnicismos clínicos, ya sabes: reconocimiento del estado general del occiso, trayectoria que siguió la bala en el cuerpo, tejidos que interesó y desgarramientos producidos, distancia aproximada , el lugar exacto –o presumible-- donde quedó alojado el proyectil y todas esa cosas;  claro que con la autopsia se puede determinar con exactitud las causas de un fallecimiento, pero, verás: la familia solicitó que no se le practicara, por la posición social y las relaciones que guardan en la comunidad, fue una deferencia que tuvieron las autoridades al acceder a ello, no hubiera podido ser de otra manera, --era obvio-...en fin, a uno como abogado no le interesan esos detalles que a la postre son circunstanciales, nos concretamos a los hechos y si estos resultan favorables, pues...se aprovechan al máximo...

-¡Fiúuu...! –Suspira Bernardo y señala: -Pues "lic" usted me decía que "apenas" si se había enterado de lo que me sucedió: datos sueltos, no fue sino hasta ahora en la mañana –creo que no eran ni la 8, ¿no?-- que le llamé para contarle...son las once y tengo que reconocer que...pues...¡que ha hecho bastante!, gracias licenciado Alvirez, ¡de verdad se lo agradezco mucho...!

-"mé" ¡pues claro que he hecho algo, pendejo!, no te lo quise decir luego luego, pero "ái" tú verás: ¿quién crees que va a representarte? ¿"*el hombre del corbatón*" o quien chingados?

Llegaron por fin y cuando se disponían a ingresar al Juzgado, situado en un vetusto edificio de calles 5 de febrero y Guerrero donde también albergaba la Oficina de Tránsito local y que hasta hacía poco tiempo ocupara el llamado "*Hospital Ejidal*"; algunas personas reconocieron al muchacho y los siguieron desde que se estacionó el auto; al alcanzar los pasillos de los Juzgados el grupo que formaba ya una "pequeña multitud" intercambiaba frases –aunque hablando en voz baja– pero sin dejar de mirarlos: entre los curiosos que los rodeaban se encontraban dos conocidos periodistas (de los que se especializan en la *nota roja*) que los siguieron hasta la puerta misma del Juzgado, uno de ellos los aborda con audacia, garabateando algunas notas:

Bernardo, Bernardo –somos del *DIARIO*- ¿quieres decirnos algo de...de cómo ocurrió el accidente? ¿es cierto que andaban de "cacería" en la sierra?...

-¡Ya les relaté todo anoche!

-Nosotros no estuvimos, eran de otros periódicos...

-¡Uy, sí ¡como hay tántos! -Ironiza Bernardo.

Luego, el mismo "reportero" se atreve a preguntar:

-¿Asistirás al entierro?

Bernardo replica molesto:

-Ya, *bato* ¡no molestes!

Hubo un momento –ya para entrar-- en que les obstruyen el paso materialmente y en un acto desesperado un tercero trata de arrancar una declaración aunque sea al Abogado:

-Usted, licenciado Alvirez, ¿viene como "Abogado" de Bernardo o en representación de la familia Serra?, ¿cree que habrá *más investigaciones en torno al caso* o que lo dejarán en libertad hoy mismo?

El aludido mascula una maldición y los corta terminante:

-No vamos a decirles nada, ¡esfúmense! –Y cierra la puerta.

El Lic. Vera, Agente del Ministerio Público los saluda y los hace pasar: le indica a Bernardo donde debe sentarse pues debe esperar unos minutos, intercambia algunas palabras con Alvirez y éste aprovecha el momento para informar que irá a ver otros asuntos ahí mismos.

Se acerca la señorita secretaria, toma asiento en su escritorio –junto al del titular del Juzgado- y frente a Bernardo que la mira expectante: la joven mira al *declarante* de manera impersonal y le pide sus "generales":

-Nombre completo...

-Bernardo Terán Cassola

-Edad...

-Diecisiete años.

-Estado civil...

-Soltero.

-Lugar de nacimiento...

-Aquí, er...digo: Ciudad Obregón...

-Fecha de nacimiento...

-11 de diciembre de 1941.

-Ocupación...

-Estudiante.

-Domicilio...

-Tolimán número 995,

-Colonia...

-Zona norte.

En el punto en que se agotan las preguntas de rigor, la secretaria hace una pausa oprimiendo con febrilidad por dos o tres ocasiones el espaciador de la *"Underwood"*, ese instante es aprovechado por el Lic. Vera, que ya se halla cómodamente instalado en su escritorio, para, con un ligero carraspeo, iniciar el interrogatorio:

-Ejem...a ver jovencito, con que tu fuiste el autor del disparo, ¿no?, ¿quieres empezar a contarme como sucedió todo?

Se hizo el silencio. La secretaria esperaba, el Agente observaba con tranquilidad al interpelado. Por fin y después de tragar saliva, Bernardo —con voz entrecortada— expresó:

-Es que...no sé... ¡no sé como empezar!

-Pues muy fácil: ¡por el principio! —Apuntó el Agente, sonriéndole con amabilidad.

A pesar del pequeño titubeo, muy pronto "tomó el hilo" narrando en riguroso orden cronológico todos los hechos ocurridos en compañía de sus amigos, el día anterior. Cuando hubo terminado, el Agente inició sutilmente la ofensiva:

-Así que ante la imposibilidad de continuar cargándolo decidieron que uno de ustedes viniera a buscar ayuda...

-Así fue.

-¿Por qué no te ofreciste tú para hacerlo?

-Yo no sé manejar.

-ah, ¡ya! –entiendo– ¿qué hora era, dijiste?

-*No lo dije,* pero faltaban cinco minutos para las tres de la tarde.

-¿Estás seguro que esa hora marcaba *tu* reloj?

-No vi la hora en mi reloj...

Instintivamente el Licenciado Vera dirige la vista hacia la muñeca izquierda y observa que el declarante porta su reloj-pulsera, éste capta la mirada y continúa:

-No lo llevaba, hoy me lo llevó mi Mamá a la Jefatura de Policía, y es que ayer, --cuando salí de casa temprano— olvidé ponérmelo. La hora la vi en el reloj de Filiberto...el herido... cuando me quedé sólo,...cuidándolo.

-Está bien. –El Agente hacía las preguntas con estudiada distracción- -¿Cómo recuerdas que eran exactamente las 2.55...?

-Yo no vi la hora porque se me ocurriera a mí, fue Rudy quien me la preguntó cuando ya echaba a caminar cerro abajo, por cierto noté que no cayó en la cuenta que él sí traía su reloj puesto, pero supuse que lo hizo...no sé...por ir tan nervioso.

-Entonces –según veo- el disparo se produjo... ¿unos veinticinco minutos antes?

-Menos de veinte antes: fue como a las 2.35 o casi 2.40 de la tarde, señor...

-¿A qué hora expiró?

-A las 3.15 o 3.16 aproximadamente.

-¿Esta vez si checaste la hora *de motuo propio*?

-En ese momento sí.

-Cuando tú levantaste la pistola del suelo –o de la roca- ¿qué hacía tu otro compañero, el cuñado del difunto?

-No había ningún *difunto* entonces...

El Licenciado Vera sonríe levemente y se justifica:

-Sí ¡claro!, -era una forma de decirlo solamente- ¿qué hacía él? –Rodolfo-- ¿tenía su arma en la mano? –Insistió.

-No lo sé. *No vi que era exactamente lo que hacía...*

-Entonces, por ocuparte en brincar –pistola en mano- hasta el plano donde ellos estaban ¿tampoco recuerdas qué hacía Filiberto...?

-No dije que *no recuerde,* sino que no me fijé en lo que hacían en ese momento...

-¿qué supones entonces que hayan estado haciendo...?

-Yo no supongo nada, señor: ya le dije que al aproximarme a ellos venía distraído y que al tropezar levemente con la pistola, me *acomedí a recogerla* pero para pasárselas simplemente...

-¿No tuviste la intención de *efectuar tú* un disparo?

-No, no la tuve.

-Explícame nuevamente: -pasea la mirada por la estancia aparentando no estar todavía muy convencido de los detalles y señala un archivero metálico que se halla al lado de su escritorio—

-Ahí, ¿te parece bien?, ¿es más o menos como la altura de ese archivero desde donde brincaste con el arma en la mano?.

-Si señor, más o menos...

-Fue entonces cuando se produjo el disparo. –Apremió el Agente.

Fue entonces.

-¿Qué hiciste después?

-Nada, terminé de dar el brinco, ah y solo dije: "...se me disparó..."

-¿Por qué?, ¿te preguntaron algo?

-No, simplemente lo dije.

-¿Y luego?

-¿Luego?, pues...-ya lo dije antes--: Rudy dejó las cosas sobre la piedra, se llevó una mano tapándose el oído diciendo: "...

siquiera me hubieras dicho <*agua vá*>, *ime dejaste sordo!...*" en el mismo momento extendió la otra hacia mí, diciendo "dámela", tácitamente entendí que se refería a la pistola –que como dije antes, era la que estuvo usando todo el tiempo su cuñado- yo obedecí poniéndola al instante en sus manos.

-¿Qué hizo después?

-¿Quién?

-¡Pues Rudy, tu amigo! ¿de quién estamos hablando?

-Ah, pues enseguida se dirigió a su cuñado que estaba como recargado de manos a pecho sobre las rocas del terraplén y le dijo palmeándole el hombro con el dorso de su mano: "...Fili, pásame la funda y ya vámonos, ¿no?..."

-¡Que fue cuando se desplomó a los pies de ustedes...! -Completó el interrogador.

-Si señor, así es.

-Ah, Bernardo –hace rato se me olvidó preguntarte-: -¿No recuerdas que haya gritado, lanzado una exclamación de dolor o algo, en el momento mismo de sentirse herido...?

-No señor; supongo que no tuvo tiempo de expresar nada y al pararse le digo que quedó dándonos la espalda como abrazando la roca, ¡y es que todo pasó tan rápidamente...!

No hubo más preguntas.

El monótono teclear en la máquina de escribir continúa por unos instantes más y el Lic. Vera se dirige a la secretaria:

-Señorita, ¿quiere leerle por favor sus declaraciones al joven?

La secretaria leyó con rapidez las actuaciones contenidas en el cúmulo de hojas que reposaban al lado de la máquina de escribir, hasta llegar al párrafo final:

-"...*que supone que el herido no tuvo tiempo de expresar nada, y que al pararse quedó dándonos la espalda como abrazando la roca y es que todo pasó tan rápidamente, que es todo lo que tiene que declarar con respecto a los hechos...*"

Incluyendo, desde luego, la acotación final:

*Leída en todas sus partes, acepta ser cierto todo lo declarado*

61

*en autos y apercibido en los delitos en que incurren quienes se conducen con falsedad ante una autoridad Judicial, lo firma en esta ciudad "a los tántos de tántos de etcétera etcétera....".*

El rodillo de la máquina produjo un agudo chirrido al serle retirado el último escrito con sus respectivas copias; con habilidad la señorita extrajo las hojas de papel carbón, acomodó las copias y originales –separándolas por grupos de varios "tantos"--, poniéndolos frente a Bernardo para que procediera a firmarlos.

Entró el Secretario del Juzgado y dio al Agente unos documentos a firmar, cuando se retiraba, la voz de éste lo detiene:

-Manuelito, ve si está por allí el Licenciado Alvirez, dile que ya puede venir...

-Si, licenciado, creo que anda por el "segundo", ahorita se lo mando...

Al entrar el Lic. Alvirez Taboada casi tropieza con Bernardo, al que da una ligera palmada en el hombro, le guiña un ojo y le sonríe brevemente –como infundiéndole confianza– y se sigue de largo al escritorio del Lic. Vera. Se enfrascan en una conversación que aquél no escucha bien –ni la entiende– pues usan una terminología legal, remueven papeles. El Lic. Vera le entrega un legajo, se excusa y sale por un momento. Alvirez aprovecha su ausencia para hojear con detenimiento el expediente: son las declaraciones que rindió Rodolfo Serra esa misma mañana, ya que según le informaron, habían hecho los arreglos con la familia por parte del Comandante Bellino para que asistiera al Juzgado poco después de las 8.00 horas. Alvirez las estuvo comparando con las que acababa de firmar Bernardo. El Lic. Vera regresa al cabo de pocos minutos.

-¿Leíste todo? –Inquiere al entrar.

-Sí, algo, pero no hace falta leerlo por completo. He estado hojeando las dos y como tú dices: en la parte medular todo concuerda (palabras más palabras menos). Con las copias de todo esto que se presente, yo creo es suficiente para que me otorguen la fianza, lo que me apura es que mañana es sábado y para *acabalar* son vacaciones, es cierto que en todos estos trámites legales hay personal de *guardia* pero no quisiera que se demore mucho el asunto y según sé la familia ha puesto mucha disposición en que se resuelva todo lo más pronto posible, no tiene caso que este muchacho permanezca más tiempo detenido. ¿Para cuando piensas citar nuevamente al otro muchacho y a su hermana, o sea la viuda?

El Agente medita unos segundos antes de contestar y pasa la mano sobre su barbilla:

-Huumm, mira: hoy es el sepelio y mañana, efectivamente no se puede hacer nada...aguántame hasta el lunes, ¿pues qué otra cosa hacemos?, yo creo que ese mismo día resolvemos, al fin las 72 horas vencen el domingo por la noche –día inhábil– y en el caso de este muchacho no pueden operar con tanto rigor, además sirve de que *contemplamos la reacción de lo que te dije;* bien, no creo que sea mucho esperar, ¿de acuerdo?

-De acuerdo, ah, oye, ¿quieres que cuando estén *ellos* aquí, esté presente también Bernardo?

-*Debería,* pero podemos pasar por alto ese escollo, -observa el Agente- tú sabes, *mi "lic",* por consideración a los sentimientos de la muchacha, y ver tan pronto al autor de la muerte de su marido, por más amistad que tengan con él, pues...como que no es prudente, ¿o tú que crees?...

-Claro que así lo pensé, ¡eso mismo iba a pedirte!

-Okey, no hay problema por eso; yo te aviso el lunes a qué hora me lo traigas. Al convenir en lo anterior los acompaña a la puerta, dando por terminada la larga diligencia.

Durante los primeros minutos del trayecto del Juzgado a la Jefatura de Policía, lo hacen en forma silenciosa, el Lic. Alvirez es el primero en hablar:

-¿Cómo te sientes?, ¿tuviste miedo, te cansó el tiempo que tomó hacer tu declaración?

-Estoy bien y no, no tuve miedo de nada...

-Como vienes tan callado...

-Es que venía pensando en algo de lo último que dijo el señor Ministerio Público...

-¿Como qué?

-Pues...cuando habló de que había que esperar hasta el lunes y que tenía confianza en poder resolver pronto, y aquello de..."*considerar*" *o —cuál fue la palabra- ¡ah, sí!, contemplar la reacción de algo —no sé qué— de lo que le había dicho a usted antes...* por ahí fue la cosa y me llamó la atención, eso es todo...

-Ah, mira, no eres tan despistado como pensé: ¡sí que "¡estás en todo!". —Observa sonriendo Alvirez y le aclara el punto-: -No es de mayor trascendencia, pero te lo voy a decir: se refería a un comentario que me hizo sobre haber recibido dos o tres llamadas telefónicas de "personas muy importantes" que *le recomendaban de manera muy especial este caso, para que se resolviera lo más pronto y de la mejor manera posible* —para ambas partes, se entiende— ya que la familia involucrada es bastante conocida y goza de muy buena posición social, política y económica en todos los medios *del Estado: era una desgracia que había conmovido a toda la comunidad, y que, aunque irremediable, sería muy bueno que NO fuera a levantarse demasiada polvareda, etc.,*

A todo eso —concluye finalmente Alvirez-: -yo sólo me limité a comentarle: "¡como si no lo supiéramos!"

Esa misma tarde, Bernardo sale a despedir a dos amigos —adolescentes, como él-: Alfredo Henostrosa y Marte Anaya que han ido a visitarlo; el único policía de guardia —al verlos salir- hace un comentario en voz alta a la señorita operadora del radio-control, acerca de él, quien alcanza a escuchar el diálogo:

-¡Pobre chavalo!, míralo: se va a morir de *tirisia* aquí encerrado...

A lo que la joven repone:

-¡N'ombre! ¿qué tienes?, ¡si yo nunca había visto ningún "detenido" con tanta visita!, esto ya parece "romería"...

-¡No, si por qué crees que lo digo!, no lo he visto en un

momento de reposo: unos llegan y otros se van, ¿no ves? Y señala con un movimiento de cejas a los muchachos que salen.

Bernardo los acompaña hasta la lujosa motocicleta —de fabricación japonesa— propiedad de Marte y que apenas está estrenando desde ayer; antes de montar, le muestra —orgulloso— sus características, innovaciones con que cuenta y otros aditamentos. Alfredo, entretanto, vuelve distraídamente el rostro hacia la oficina de "Barandilla" y dirige un comentario a Nayo:

-¿Oíste lo que decía el *"cuico"*? ¿a poco de veras ha venido a verte mucha gente?

-¡Sí, hombre!, hasta tu Mamá y tu Papá vinieron anoche mismo, lo primero que hicieron fue preguntarme por ti, que si sabía donde andabas —¡"yo qué sé!- les dije, ¡ni siquiera lo he visto!

Alfredo empieza a reírse y le informa:

-¡Andaba con éste! ¿Y qué crees? Fuimos a "aflojar" la máquina ¡hasta Guaymas!

-¿hasta Guaymas? —observa con asombro Nayo- -"cabrones", ¡poner e peligro su vida en un "armatoste" como éste! *¿pues que se sentían Pedro Infante y Luis Aguilar en "A:T:M:"?*.

Sí —apunta Marte-: nada más que en una sola moto, ¡pues traía a Alfredo prendido como *"güina"* a la espalda!

-Como te decía --Bernardo retoma la conversación—: -yo no imaginaba tener tantos amigos o será que hasta simples "conocidos" han estado viniendo, muchos lo supieron hasta hoy y ya sea personalmente o por teléfono, ¡pero ha sido un atender gente!, me han traído un *friego* de cosas: -¿no viste ahí adentro? tengo invadida la oficina de fruta, dulces, cosas de comer, antojos de esto y lo otro, libros, revistas y hasta dinero...

-Sí, me di cuenta, ¿no viste que éste te "voló un *milkiway"*?

-No importa -¡para eso están!- -asiente y añade: -en fin...por lo menos no me la pasaré nomás rumiando la pena por lo que pasó, como les dije allá adentro: fue una desgracia tan terrible y tan grande que casi ni lo creo,...así...viendo a personas ¡no pienso tanto en lo que no tiene remedio!, precisamente cuando llegaban ustedes acababa de irse mi Tío Gustavo, el "tío rico" de la familia.

-¿Y ése que te trajo? -Pregunta oportuno Marte, mientras ajusta la conexión de una manguera.

-¡Ni madres!, al contrario: me dejó algo "apachurradón"...

-¿Pues que te dijo el ruco? —Tercia Alfredo.

-No fue lo que dijo, sino el tono que empleó; como que sentí que vino nada más por curiosidad morbosa y casi vanagloriándose por verme en este problema, habló de cosas como ".... ¿y ahora, que va a hacer *amigo?, ¿*cómo la va a hacer para salir de este lío?, ¡cuidado! Porque lo que hizo es muy grave, pueden *refundirlo* en la cárcel..."

-¡Que gacho! —opina Marte-- -¡ni que no fuera pariente! ¿y tú que hiciste?

-Nada, ni me inmuté, sólo le dije: "Tío, no tenga pendiente", ni vaya a pensar que no voy a salir libre; que todo se resolverá en un término de 72 horas —o antes— ya estoy en manos del Licenciado. Alvirez Taboada que se está encargando del caso desde esta misma mañana. Nomás arqueó las cejas no muy convencido, y antes de salir esbozó una sonrisilla y dijo muy sentencioso: "...pues ojalá que sea así, *camarada,* pero tenga en cuenta que los abogados cuestan dinero, su padre no lo tiene y ¡a ver cómo van a hacerle!". Con ese comentario final acabó por "sacarme el tapón" y lo mandé por un tubo diciéndole: ¡Pues fíjese Tío que el Licenciado de lo que menos ha hablado es de dinero!, así que le repito: *no se preocupe, ¿eh?";* y ni las gracias le di por la visita.

-¡Pinche viejo! --exclama Alfredo montando atrás de Marte-¿así que en vez de ofrecerte ayuda nomás vino a *cocoriarte?*

-¿Es de Cócorit su tío? —Terció Marte en tono festivo y añadió, al tiempo que hacía rugir el motor de la *"Kawasaki":* -no le hagas caso, lo importante es que saldrás pronto —estoy seguropara olvidar todo este trágico *desmother en que te metiste*,.. bueno, ¡"ái" te vendremos a ver cuando te sentencien...!.

Los vio alejarse a bordo de su ruidoso vehículo mientras mordisqueaba una naranja —sin corteza— con sal y chiltepín molido, sentado sobre el cofre de un auto-patrulla; en eso está cuando —pasados unos cuantos minutos— se le acerca el mismo policía de hacía rato, quién le señala con un movimiento de cejas y del dedo índice hacia el extremo de la calle, al tiempo que observa en tono burlón:

-Mira *cabroncito: tú* obra...

-¿Qué? —Bernardo lo mira sin comprender.

-¡Que veas!: la *calaverita que le mandaste a San Pedro,* allá viene dando vuelta para acá el cortejo, ¿lo ves? ¡ya lo llevan al panteón!.

Bernardo se quedó sin parpadear: efectivamente, por el extremo opuesto de la calle una fila de vehículos —que se adivinaba larguisima-- precedida por la severa carroza fúnebre (un enorme *cadillac* negro de aerodinámicos contornos) y un numeroso contingente *"de a pie"* ha comenzado a aparecer, partiendo, seguramente, de la Parroquia —no lejos de ahí— y lentamente se desplaza para pasar —de largo- justo frente a la Jefatura de Policía... Bernardo, sin ocultar su turbación, se deja resbalar sutilmente por el guardafangos, arroja lejos de sí la naranja sin terminársela, se limpia las manos frotándolas una con otra sobre el sweater; el policía adivina sus intenciones (regresar de inmediato al interior de las oficinas) y pretende detenerlo por los hombros, continuando la "broma" con palabras hirientes:

-'Onde vas, hombre, ¿pos que tienes? ¿te remuerde la conciencia?, ¿aaapoco!, ¡quédate aquí pa'que despidas a *tu muertito.*

Bernanrdo forcejea brevemente con él, cuando logra zafarse exclama:

-Suél... tame "güey", ¡sácate!

El policía y otros que se percataron del incidente ríen estrepitosamente y aquél vocifera:

-¡Uuuyuy, tan *culero!*

La oficina del Jefe Ballino estaba desierta a esa hora; Bernardo entró a toda carrera y se echó de bruces sobre el sofá forrado de cuero café, apoya los brazos cruzados en el respaldo y deja descansar en ellos su quijada, pone la cortina de hojas metálicas en posición paralela y a través de la ventana observa el largísimo cortejo; por las marcas y modelos de los autos que desfilaban ante sus ojos —muchos pertenecían a familias muy conocidas por él- intuía quienes serian sus ocupantes; experimentó un leve estremecimiento al reconocer, entre los primeros que pasaron el *Plymouth amarillo con toldo blanco* del infortunado Filiberto.

Le pareció, por momentos, que todos miraban hacia la ventana, imaginando que él estaba allí, detenido en la Comandancia de Policía, luego desechó esa idea y se dejó envolver por una extraña calma. Pensó que lo que ocurría realmente era que los acontecimientos se produjeron con tan vertiginosa rapidez que se sentía incapaz de evaluarlos. No supo cuanto tiempo transcurrió, pero mucho después de que el cortejo fúnebre terminó de pasar, dando vuelta al sur y enfilar con rumbo al panteón *nuevo,* él aún permanecía absorto en sus pensamientos.

# TERCERA PARTE

Llegó el lunes 29 de Diciembre. Bernardo es conducido nuevamente por su abogado, el Lic. Alvirez a la Agencia del Ministerio Público aproximadamente a la 1 de la tarde. El Lic. Alejandro Vera —titular de la misma y quien ventila el caso— los recibe con amabilidad y comienza, sin pérdida de tiempo, a hablar, dirigiéndose directamente al muchacho:

-Bernardo, -dice en tono solemne- quiero decirte antes que nada, que aunque lo que te sucedió a ti puede sucedernos a cualquiera, no debe dejar de reconocerse que *corriste con mucha suerte*... lo que pasó es muy lamentable --¡qué duda cabe!— pero, en medio del dolor que embarga a esta familia, tenemos que admitir que son personas muy humanas, muy cristianas, con un *"don de gentes"* muy difícil de encontrar en estos tiempos que se viven, donde a la menor provocación o al más mínimo motivo de afectación a sus intereses o sus más sensibles emociones, la mayoría de la gente reacciona negativamente, muchas veces por irrefrenable impulso, dando rienda suelta a su egoísmo, nacido de la frustración y la desesperanza...-hizo una pausa y continuó:

-Lo digo porque toda la familia Serra y la viuda, principalmente, acaban de darte una muestra de solidaridad humana, sin albergar rencores en su corazón, actitud —la de todos ellos- que mucho te favorece...

-Lo sé: no pidieron nada en contra mía.

-No sólo eso: también cuenta la forma en que te apoyan, en que están contigo, o sea no desconocen como debes sentirte tú también; pues te informo que estuvieron aquí en el Juzgado, en esta mañana, -a primera hora- la acompañaban su papá y por supuesto el hermano, pues te diré: esta muchacha ¡me impresionó! Tan jovencita y tan centrada, con tanta fortaleza, ¡realmente admirable!...con todo y su pesar, y en medio del duelo que padece, la verdad yo no esperaba que asistiera, no obstante acudió al citatorio que les giré el sábado; debes saber que es muy importante que el o los familiares más directos —en este caso la viuda— firmara tanto las declaraciones de su hermano, único testigo de los hechos, como desde luego las tuyas también, el expediente incluye por supuesto, el reporte de los ambulantes de la Cruz Roja, el informe detallado del médico forense que extendió el certificado de defunción, etcétera; con ello está avalando o aceptando —es lo mismo— la veracidad de los hechos. Aquí las tienes...acércate, puedes leer tú también todas las actuaciones, si quieres, aquí te dejo un minuto con el Lic. Alvirez, si no entiendes algo, pregúntale, que él te aclare cualquier cosa, con permiso...

Bernardo jaló más su silla al escritorio y empezó a hojear el expediente; en el margen de cada hoja podía verse claramente la firma —con caracteres muy legibles— de su joven amiga: Beatriz *S. Vda. de Fernández*. Hoja tras hoja en el ya algo extenso legajo, el nombre y firma danzaban ante los ojos del muchacho, que no ocultaba su turbación. Durante algunos minutos permaneció leyendo hasta el final. Nada preguntó y el Licenciado Alvirez nada más lo estuvo observando y tampoco dijo nada.

En eso estaban cuando el Agente, Licenciado Vera, que ya estaba de vuelta en su escritorio, y después de preguntarle si leyó todas las actuaciones, volvió a tomar la palabra:

-Ello significa que conscientes de la tragedia y dado que la versión que dio tu amigo de los hechos es concordante con lo declarado por ti, queda perfectamente establecido que no existen agravantes de ninguna especie, por tanto no hay delito que perseguir; el siguiente paso es: reunidas todas las pruebas, testimonios y actuaciones levantadas hasta el día de hoy, enviarlas al Tribunal de Justicia en el Estado, todo ello integra el proceso que se te instruye por *HOMICIDIO CULPOSO IMPRUDENCIAL* que esperamos se resuelva en *Auto de Soltura* a tu favor. Por hoy Bernardo y gracias a la gestión tan rápida de aquí tu *abogadazo* que otorgó una pequeña fianza —es requisito de Ley- quedas desde este momento EN COMPLETA LIBERTAD, claro, con las reservas de Ley, ¿qué te parece, muchacho?

-Oiga, pues... ¡está muy bien!, ¡ya comenzaba a desesperarme!

—Nayo iba a decir —o preguntar-- otra cosa pero se pone nervioso y se atraganta por la emoción, el licenciado Vera lo interrumpe para añadir:

-Ah, otra cosa muy importante y que no se te vaya a olvidar: aquí la señorita secretaria te va a dar una boleta con el nombre y número de tu expediente y la próxima semana, o sea el lunes 5 de enero, si no ha llegado la resolución de Hermosillo, siempre después de vacaciones hay tardanza en los procesos, tendrás que ir al Juzgado Primero, que está en la Cárcel nueva, allá por la calle Norte al oriente -no sé si sepas- a firmar y al siguiente lunes ¡también!, pero si llega antes, pues ahí te van a avisar. Eso es todo.

-Gracias, licenciado Vera, -eso era lo "otro" que iba yo a preguntarle ahorita-: ¡muchas gracias otra vez!

-Pues dáselas mejor aquí al licenciado Alvirez, que realmente puso mucho interés en tu asunto. Y ya *"ahuequen ala"*

El Aludido sonríe complacido, toma a Bernardo por los hombros y cuello y lo empuja suavemente hacia la puerta. Abandonan el recinto dirigiéndose —primero— a la Jefatura de Policía con la intención de dar las gracias al Comandante Ballino, despedirse de él, recoger los efectos personales y finalmente conducirlo a su casa. Bernardo va radiante de felicidad, en el curso del trayecto se le ocurre preguntar:

-Y ahora "lic." ¿qué va a pasar?

-...Va a pasar que te me vas a ir a descansar por lo menos una semana a... ¡a ver adónde! —véte a algún rancho, al mar, bueno mira: el caso es que no pienses más en el asunto, dentro de dos días se acaba el año y, pues...año nuevo vida nueva, ¿no crees? Termina diciendo de manera convincente, y añade: -saluda a tu familia, ya no tengo tiempo de pasar, pero ahí les explicas, ah, y no te olvides de hablar o ir al Despacho entrando el año por si ya tenemos noticias de Hermosillo, oye, ¿tienes "lana"? —y sin esperar respuesta le alarga la mano con un billete de cien pesos-- *son tus "crismas", pásala bien y...¡no le des tanta vuelta al asunto, nos vemos...*

Su madre salió jubilosa a recibirlo, secándose nerviosamente las manos en el delantal. Cuando van por el andador de losas, Bernardo detiene bruscamente su andar unos instantes al observar su bicicleta recargada sobre el pilar del porche, la mamá le aclara:

-La recogió tu hermano el día que fuimos a... -iba a referirse al día del velorio y presentar las condolencias a Bety y al resto de la familia, pero no terminó la frase— bueno, acaba ya de entrar, hijito, ¡bendito sea Dios que estás aquí de nuevo!

Bernardo no la escuchaba casi, fue un instante de turbación en que su pensamiento voló al ver el biciclo: "...si no hubiera pasado por la casa de Rudy... ¡si me hubiera desviado tan sólo una calle! —sacudió su cabeza haciendo un rictus de desaliento, como tratando de cambiar sus pensamientos ante lo que ya no tenía remedio y penetró en la casa.

Al día siguiente y a instancias de su madre fue a visitar al Padre Toyos; al llegar a la Parroquia, dejó su bicicleta y en un "tris" subió los cuatro o cinco escalones que desde el ras de la banqueta se elevan hacia la puerta de entrada a la Sacristía, que a su vez comunica con la Oficina Parroquial, encontrando a aquél tranquilamente recargado en el marco de la puerta; el Sacerdote, --que no lo esperaba y además estaba distraído- al verlo parado frente a él, finge un ademán sorpresivo:

-¿y "ora" tú?, ¡no espantes! ¿qué andas haciendo? –yo te creía todavía *"guardado" ¡a poco ya te soltaron!*

-¡Ss-sí, Padre, gracias a Dios!

-¡Qué bien, que bien! Y... ¿qué te trae por aquí?

-Pues...mi mamá me dijo que debía venir...que debía platicar con usted un poco, acerca de lo que pasó; no sé...confesarme... usted sabe, lo que me ocurrió no es una cosa como para...

-Y vienes... ¿¡para confesarme eso!? ¡si todo el mundo está enterado de lo que hiciste hombre!. –Le interrumpe sonriendo abiertamente, restando importancia a la actitud del muchacho, pero lo hizo con la intención de que no se mostrara tan compungido.

-Es que...--continúa Bernardo en el mismo tono vacilante– mi mamá quiere que venga mañana a la primera misa, a dar Gracias por haber salido con bien –bueno, hasta ahora– de... bueno...de todo esto, quiere que comulgue...

-Lo quieres tú?

-No sé...

Bien, --le dice el Padre asumiendo una postura más seria– ¿tú sabes que viene después de la confesión?...

-Sí; hacer un *"acto de contrición"*, el arrepentimiento de los pecados y todo eso, ¿no?

-Bueno, sí, pero –verás– un "acto de contrición" sirve para arrepentirse de los pecados, sean veniales o graves, algo que *conciente e impulsivamente* se hace y sin medir –o aún haciéndolo-- las consecuencias que pueda tener y qué, sin embargo, es contrario a nuestro sentido moral...

-¿Qué es "sentido moral", Padre?

-Es algo así como un *concepto instintivo de integridad* con el que todos nacemos y que las más de las veces quebrantamos: en tu caso lo que ocurrió no fue culpa tuya, no tuviste la intención de hacerlo, fue algo fortuito, algo que se dio sin que participara tu facultad de *pensar y hacer* –sé que en el fondo así lo interpretas y por eso te mortifica– además...

-Sí, Padre –interrumpe con energía- -¿pero por qué me tocó a mí? ¿Por qué tuve que ser yo...?

-Bueno, para allá iba:...debes comprender –como te lo dije el día que estuvimos a verte allá— que nada se mueve sin la voluntad de Dios, y que los caminos que elige para que ésta se cumpla, pues...¡son infinitos!: tú solamente fuiste un instrumento de esa voluntad omnipotente, tienes que convencerte de ello: el destino de ese pobre muchacho –a quién hace escasamente un mes estuve casando aquí mismo- pues...ya estaba trazado por la mano de Dios, ¿qué podemos hacer nosotros –simples mortales-- que nacemos, vivimos y morimos a merced suya? ¿qué podemos hacer en contra de su divina voluntad? ¡nada!, así es que, --hizo una nueva inflexión en la voz-- puso su mano izquierda en el hombro de Bernardo y le miró fijamente: --deja de pensar en tonterías como sentimientos de culpa, etcétera, lo que debes hacer es...

La señorita secretaria –Queta Robles— sale del interior de la Oficina en ese momento y les interrumpe poniendo en manos del Padre Toyos un billete de veinte pesos:

-Es lo de la "boleta de bautizo" que entregué a la señora de hace rato, ya cerré el escritorio y llevo prisa, ¡hasta mañana Padre! –Palmea con cariño la mejilla del joven --a manera de saludo— quién se hace a un lado para franquearle el paso, al tiempo que le escucha decir: -Hola tú, "artista" ¿ya andas por aquí? –y sube rápidamente a su camioneta guayín "Ford Country-Squire" alejándose del lugar.

El Padre Toyos, entretanto, trata de introducirse –sin conseguirlo- el billete en el bolsillo del pantalón, a través de la abertura lateral de la sotana. Retoma el hilo de la conversación:

-Y como te decía Bernardo, pero...mira: -y haciendo un movimiento impulsivo, introduce el billete en el bolsillo de la chamarra roja estilo "James Dean" del muchacho- añade: -lo que debes hacer ¡es irte al cine ahora mismo!, ¡tómalo, yo te invito! –Concluye.

-¿Eeh?, pero Padre, yo creo que...

-¡Nada, nada!, anda: vete al cine –te lo ordeno– distráete un poco y no sigas pensando más en el asunto, no seas "teatrero", ¡con razón la Queta te dijo "artista"...!

-¡Padre! -se escandaliza- ¿usted cree que realmente deba?... muchas gentes que me conocen pueden verme, es tan reciente lo que pasó, ¿qué irán a decir...?

-¡Que digan misa! –así me alivianarán un poco la "chamba" que en estas festividades ¡tengo "para dar y prestar!–anda pues, no pierdas tiempo haciendo "variaciones sobre un mismo tema": te vas al cine ¡y santas pascuas!

Y sin añadir más dio unas palmadas a la espalda del muchacho, apremiándolo a retirarse, haciendo él otro tanto pero hacia el interior de su oficina.

Bernardo acata el consejo y sin pensarlo más se dirige al cine que no está lejos de ahí; mientras fija la abrazadera de seguridad de su bicicleta en el paradero, levanta la vista a la marquesina y lee:

CINE CAJEME

HOY   CINEMASCOPE Y METROCOLOR   HOY

ELIZABETH TAYLOR Y PAUL NEWMAN

UN GATO SOBRE EL TEJADO CALIENTE

CON BURL IVES Y JACK CARSON

ADEMAS

CORTOS Y NOTICIEROS

Entró resuelto y muy pronto –en los siguientes minutos-- logró olvidarse de todo, sintiéndose capturado, como siempre,  por la magia del cine; cuando la película estaba a punto de terminar, se dijo para sí, a propósito de la historia que narraban las imágenes: -"...veo que los caminos del amor como los de la amistad son muy extraños y muy paralelos..." -Y recordó al filósofo Platón:

*"...El amor y la amistad tienen que ir unidos siempre, pues si no existiera el amor –voluntad de querer a nuestros*

75

*semejantes- no habría amistad posible...de la misma manera
que habiendo amistad se llega al amor...en cualquiera de sus
manifestaciones..."*

Tiempo después comprendería mejor por qué se hizo tales
consideraciones durante la proyección de aquella cinta.

LUNES 12 DE ENERO DE 1959 :- Bernardo hace acto de
presencia –muy temprano– en el Despacho Jurídico de su ex –
jefe y amigo, el Licenciado Raúl Alvírez Taboada, quien lo recibe
con el entusiasmo que lo caracteriza y mientras acomoda unos
expedientes escucha la voz de aquél, saludándolo:

-Licenciado Alvírez: ¡feliz año nuevo!

-Hola mi "Bernardazo" ¿qué haces?

-Pues aquí...visitándolo, ¡a ver qué noticias me tiene!, ¿cómo
la pasaron?

Alvírez extra el último cigarrillo y arroja la cajetilla oprimida
al cesto de basura que tiene a un lado de su escritorio, lo enciende
y se arrellana cómodamente antes de contestar:

-¡Bien, muy bien!, nos pasamos toda la semana pasada
después del "año nuevo"en Hermosillo, por cierto –apunta con
énfasis– sirvió porque un día antes de venirnos fui a la Dirección
General de Notarías y aproveché para ir al Tribunal del Estado y
ver unos asuntos pendientes de resolución y de paso "echar un
ojo" a tu expediente que ya lo tenían allá...

-¿...Y? –Bernardo queda expectante.

-¡Nada, hombre! No comas ansias, pero, si quieres saber:
"te sentenciaron a...-bueno, es poca cosa: cinco años de trabajos
forzados y en la Penitenciaría de allá, ¡y los sábados te sacarán
a barrer las calles!

A Bernardo no le hace gracia la broma –porque tenía que ser
una broma– y en realidad no tiene tiempo de expresar nada,
pues casi de inmediato Alvírez le inquiere:

-¿Ya fuiste a firmar?

-El lunes pasado sí, pero hoy no he ido todavía... -contesta
con timidez.

-Pues ahora que vayas te van a notificar en el Juzgado

¡adivina qué!: te dictaron "Auto de soltura" y... ¡queda cerrado el caso!

Hoy precisamente o si no se puede hoy, mañana lo haremos —en realidad ya no corre prisa— pasaremos al Juzgado Penal a recoger la constancia de la sentencia, que se incluirá en el legajo final, para que el expediente quede oficialmente cerrado, ¿estás contento?

Bernardo se retorcía las manos y tronaba los dedos nervioso, se incorpora al fin en el asiento, no hallaba que actitud adoptar ni para donde mirar, tratando de reprimir el júbilo que a punto estaba de brotar por todos sus poros; finalmente se puso en pie como un resorte, dio la vuelta al escritorio y no pudo evitar "apapachar" al abogado, expresándole con efusividad su agradecimiento:

-Es la noticia más estupenda que puede darme "lic.", siento que...bueno...es mi mejor regalo de "año nuevo", ¡qué digo de año nuevo, es lo mejor que puedo escuchar no sólo para éste y para todos los años que vengan!, y, pues... ¡ya no sé ni que decir!

Si me permite —ya no le quito más su tiempo— correré primeramente a mi casa para darles la noticia a mis papás, para contársela a todos mis parientes y amigos, en fin: ¡a todo el mundo!, les diré que....--porque supongo que así es-- ¿no? que nunca tendré que ir a la cárcel, ni a la Jefatura de Policía, ni en líos de estar yendo a firmar a juzgados ni nada de eso, ¿no es así?

-Así es. Y yo también espero que no tengas que enfrentarte a nada más ni por este caso, ni por ningún otro.

Después de decir lo anterior, Alvírez lo mira, se estira, pone los brazos detrás de su cuello y recargándose a todo lo ancho en su sillón giratorio, sonríe complacido...

-¡Pues me voy! —apunta resuelto Bernardo— tarde se me hace para contarlo en casa: ¡libre, totalmente libre de todo cargo! -Suspiró.

Alvírez cambia de posición, pone los manos sobre el escritorio, entrelaza los dedos juguetea con un lápiz y sin levantar la vista lo detiene con sus palabras al tiempo que carraspeaba:

-Ejem...cajum...un momento, no tan aprisa jovencito, ¡no tan aprisa!.

-¿...? Bernardo lo mira sin comprender.

-Cierra la puerta y siéntate, con calmita ¿quieres? Quiero hacerte unas preguntas "de un vez", ¡que caray!, aprovechando que te levantaste, dile a "la chichona" que me traiga un café, ¿sí?

Bernardo se dirige torpemente, casi tropezándose, hacia la puerta, a tientas la empuja por el pestillo pues no dejaba de mirar, intrigado, a su interlocutor, avisa que traigan el café y cierra.

Alvírez capta su turbación y en un tono más suave, más convincente, añade:

-¡Es una simple curiosidad hombre!, no te "calientes"...

Bernardo se sienta nuevamente.

-A ver, alcánzame ese legajo...

Bernardo entre-chocaba nuevamente los dedos de sus manos, permanecía con la vista clavada en el escritorio, luego balbuceó:

-¿Eeh?

-Ahí en esa charola, creo que es ahí donde tengo las copias de tu "asunto"...

-¡Ah, sí! –perdón— tome usted, ¿es todo esto?

-Sí, pásamelo, a ver: sí, eso es, aquí está todo; huumm, déjame ver...

Apartó varios grupos, leyó entre-líneas, Bernardo –entretanto— no quitaba la vista de los papeles, así, pudo notar que numerosos renglones estaban subrayados con lápiz rojo; la voz del abogado se deja oír de nuevo, después de marcar firmemente un señalamiento, como para no perder el tema o la referencia de lo que iba a preguntar; cambió su postura, juntó las yemas de sus dedos, parecía buscar la frase adecuada:

78

-Bernardo, ¿que estudias?, porque tengo entendido que sigues estudiando aparte de trabajar, ¿no?

-Estoy tomando clases de contabilidad por las tardes, ya ve que en las mañanas...

-Sí, si —le interrumpe— ya sé que también estás trabajando, pues es una lástima: le erraste; ¿sabes qué? Tú podrías ser abogado ¡y bien "trinchón"!...

-Nunca se me ha ocurrido esa posibilidad, trabajé más de dos años en su Despacho y todavía estuviera, si no se hubiera enfermado de esa operación de la cabeza tan tremenda que le hicieron en Tucson hace varios meses y tuve que irme a trabajar a otro lado, pero así pasara una vida entre abogados, no me seduciría la idea; no sé, no tengo vocación, yo creo que es por eso, oiga, pero...¿era sólo eso lo que iba a preguntarme?.

-No. Era solamente un comentario digamos que *preliminar* , antes de continuar quiero decirte que <u>no tienes que contestar si no quieres</u>, pero yo espero que lo hagas porque me consideras tu amigo, y aunque no lo creas estoy muy interesado en lo que te pasó; simplemente por el hecho de ser abogado pues...

-Sí, ¿qué tiene?

-Pues que somos un poquito *"confesores"* y los confesores no revelan nunca el secreto de confesión, igual pasa con el abogado: hay ocasiones en que para poder defender mejor al cliente, o aún después de concluido un proceso, sea de la índole que sea, es menester afianzar sus juicios *fuera de oficialidad sobre todo si no está muy satisfecho de sus propias indagaciones,* con la seguridad que ninguna información que se obtenga *a posteriori* tendrá consecuencia alguna para el cliente, ni revelará con nadie la naturaleza, ni la fuente ni mucho menos la *finalidad* que lo motivó para ahondar en el caso...

Bernardo sonríe forzadamente al interrumpirlo y añade:

-¿A qué viene todo esto, "lic."? ¿adónde quiere llegar?

-Tienes razón, iré al grano: mira, el día que te presenté en la Agencia del Ministerio Público y que, -tú mismo lo viste--, sólo le eché un "ojo" un vistazo somero a tu declaración, no me interesaba profundizar porque el Licenciado Vera ya me había dicho que no había problema, que el caso era simple; de todos modos y como quién dice "al vuelo", pesqué un cambio en tu narración de los hechos...

-¿Quée?

-Sí, sí, leí entre líneas, hubo un detalle que no lo describías como me lo contaste a mí, hacía apenas pues... ¿qué sería? Cuando mucho una hora u hora y media antes; pero no te dije nada en ese momento porque quedé sorprendido, ¡punto menos que *"anonadado"!*, no sé...*modificaste* los hechos de una manera que...honradamente ¡ni a mí, en tu lugar, se me habría ocurrido hacerlo!, leí también para asegurarme la declaración del hijo de Serra y descubrí –ahora verás-- sí, por aquí está lo que me interesa de él, te voy a leer esa parte:

*"...nos disponíamos a irnos ya, yo estaba revisando mi pistola para que no le quedara ninguna bala, siempre hago eso como medida de precaución, ya que cuando no va a seguirse usando un arma, es muy importante que se revise la recámara y el cargador o "granada" que deben estar completamente vacíos: las pistolas se guardan descargadas; mientras tanto mi cuñado se agachó a juntar las balas de la caja de tiros que se le salió del bolsillo y que habían quedado todas regadas, inclusive me pidió que le ayudara a recogerlas, -ahorita, le dije— en eso se produjo ahí mismo -junto a nosotros- un disparo que me dejó sordo, aturdido; antes de que me diera cuenta cómo, mi amigo Nayo -que había acudido a mi llamado, pues como digo ya nos ibamos a ir— de un brinco bajó a donde estábamos nosotros y lo hizo con la pistola del Fili en la mano, luego me dijo: "se me disparó"; yo entonces dejé sobre la roca mi pistola y fornitura para recibir la que Nayo empuñaba y de la que se le salió el tiro, según dijo...*

El Licenciado Alvirez suspende la lectura en ese punto y retira las hojas; el instante es aprovechado por Bernardo para apresurarse a expresar:

-¿Y qué tiene?, no veo nada de raro en lo que me leyó, es la declaración de Rudy, ¿verdad?, pues ya ve: está bien, todo eso coincide con lo que pasó, tal como yo se lo conté, como lo dije también en...

-"Echácatamente" –interrumpo entusiasmado Alvirez- -ya nos vamos entendiendo: coincide, efectivamente, con lo que me contaste, porque si mal no recuerdo esa mañana, en la Jefatura, tú me describiste claramente y creo no equivocarme, que al llegar adonde ellos se encontraban te *"acomediste"* –usando tus propias palabras– a levantar la pistola que casi pisaste, oye –se interrumpe así mismo– eres muy "folklórco" para expresarte, ¿eh?, luego afirmaste que tu "acomedimiento" fue simplemente para entregársela a cualquiera de los dos , ya que estaban ocupados en juntar sus *arreos de cacería:* sus armas y las "madres" esas de cinturón con carrilleras o fornituras -qué sé yo– que traía tu amigo, e inclusive que el otro muchacho –el que murió– estaba por su parte recogiendo las balas regadas y que en ese momento Rudy –único testigo– revisaba su pistola poniéndole o sacándole las balas –no estabas seguro--, todo eso, la parte <u>de lo que ellos hacían</u> pues no me extrañó leerlo en la declaración de tu *cuate* por cuanto a que tú me lo habías contado ya, y más o menos en la misma forma, ¿de acuerdo?

Bernardo medita unos instantes: repasa con atención la exposición del abogado y no le queda más remedio que corroborarla, aunque con cierta reserva porque no consigue hasta esos momentos, detectar "el o los" detalles de discordancia a que quiere referirse su interlocutor y al fin resuelve con firmeza:

-Sí, ¡estoy de acuerdo!, ¿qué hay pues, con todo eso, "lic."?

-Pues...que hay una cosa y muy importante, ahora verás: porque si leemos –la voz se le empequeñece un tanto al hacer el esfuerzo doblándose casi para alcanzar nuevamente el legajo-, remueve otras hojas, se ajusta los lentes y con el índice fija la vista en un renglón determinado: -si leemos --repitió-- la declaración tuya en la parte en la que recoges la "mentada" pistola *("ah como eres acomedido, cabrón")* -observó en tono chusco-- --ahí declaras:

81

*"...me acerqué hasta ellos, tome un resuello pues me había venido corriendo desde más arriba, ellos se preparaban -Alvirez recalcó esa frase— para bajar e irnos, inclusive Fili se hallaba agachado haciendo no sé qué, en eso, al mover ligeramente mi pierna tropecé con una de las pistolas que habían puesto allí –sobre la roca— me acomedí a levantarla para pasárselas simplemente, ya que yo no andaba tirando ni tenía intención de hacerlo; luego me puse "en cuclillas" apoyé las manos sobre la roca sosteniendo en la derecha la pistola, me impulsé para brincar hacia donde estaban ellos –una altura de un metro o quizás u poco más—seguramente con la tensión ejercida presioné el gatillo produciéndose el disparo; mi amigo Rudy dejó las cosas –volvió a recalcar su lectura—sobre una roca y se tapó un oído, yo entonces y "para que no fuera a preguntarme nada" me apresuré a decir: "se me disparó", él solamente comentó: "hijos", siquiera me hubieras dicho <agua va>ime dejaste sordo!, y luego me pidió la pistola, enseguida la puse en sus manos; para entonces ya Fili –su cuñado— se había parado y estaba recargado en la roca; Rudy le hizo un ademán, lo tocó apenas en el hombro diciéndole "que le pasara la funda y que ya nos fuéramos", en ese mismo momento y sin expresar nada –lo recuerdo muy bien— Fili se desplomó a nuestros pies, nosotros al verlo en el suelo, pues...nos asustamos mucho y empezamos a gritarle, a moverlo y..."*

El Licenciado Alvirez cortó la lectura pero no levantó la vista, Bernardo abrió la boca con intención de hablar, pero aquél se lo impidió:

-Espérame, tengo que buscar aquí, para tener a mano las hojas de ...sí, sí, aquí están; pues bien Bernardo, lo que me intriga y te lo voy a abreviar lo más que pueda, es lo siguiente: al recordar lo que tú mismo de viva voz me contaste y al leer lo que declaró el testigo, queda establecido claramente que en el momento de acercarte, viste muy bien lo que hacían, inclusive el muchacho éste, "el vivo"...

-¿Rudy?

-Sí; él no tuvo empacho en declarar que tenía la pistola suya todavía en las manos, que la descargaba para tener precauciones y todas esas pendejadas; pues es muy notable y lo descubrí casi desde el mismo día en que al comparar esa parte de él con tu declaración formal, eludes sistemáticamente el detalle de tu compañero, "te lo brincas" fíjate, al decir... hum, sí, aquí está:

"...ellos se preparaban" (a abandonar el lugar, se entiende) "...mi amigo Rudy dejó las cosas -¿qué cosas? ¡si no has hablado de ellas!, al menos en esa parte no has mencionado que hubieras visto antes lo que Rudy hacía, o, vamos ¡chingao! Ni siquiera diste a entender que tuviera algo en las manos, siendo que a mí sí me lo dijiste; y del otro muchacho sólo refieres que "se hallaba agachado haciendo no sé qué"...

Alvirez está excitado pero no nervioso, su expresión, sus movimientos eran medidos, sopesados y se comportaba como el profesional que era, dejó esos papeles y tomó otras hojas que previamente había seleccionado y sin dejar hablar —no aún— a Bernardo, continuó:

-Si ya con todo esto que te he mostrado estoy presumiendo que tu omisión fue deliberada, aquí en el interrogatorio posterior a tu declaración de hechos, pues aquí se confirma plenamente lo que antes era una simple estimación o vaga conjetura mía, escucha, voy a leértelo también y es importante que lo haga , Bernardo, porque curiosamente percibí con claridad que el Agente —el Licenciado Vera— como que deja entre-ver que él también se dio cuenta de que tu omisión fuera intencional o a lo mejor lo hizo por rutina o por ocurrírsele simplemente, pero el caso es que Vera incluyó entre sus preguntas aquellas que a mí —en su lugar— me hubiera gustado hacerte, aunque él, al final, se diluye en la suposición, -¡vamos, la deja en el aire!- a causa de tus respuestas; mira, ahí te van, son, como te digo, las preguntas del interrogatorio que desde luego también están asentadas:

"...-¿A qué hora expiró?
-A las 3.15 ó 3.16 aproximadamente...".

-Alvirez Interrumpe su lectura como hablando para sí mismo:

-No, no era aquí...ya está –continúa-: Vera te pregunta abiertamente:

*"...-Cuándo tú levantaste la pistola del suelo –o de la roca--*

*- ¿qué hacía tu otro compañero, digo...el cuñado del difunto?*

*-No había ningún difunto entonces...*

*-¡Sí, claro!, era una forma de decirlo solamente: ¿qué hacía él, --Rodolfo- tenía su arma en la mano?*

*-No lo sé. No ví qué era exactamente lo que hacía...*

*-Entonces por ocuparte en brincar –pistola en mano— hasta donde ellos estaban, tampoco* recuerdas *qué hacía Filiberto?*

*-No dije que no recuerde, sino que no me fijé en lo que hacían en ese momento...*

*-¿Qué supones –entonces— que hayan estado haciendo?*

*-Yo no supongo nada: ya le dije que al aproximarme a ellos venía distraído y al tropezar ligeramente con la pistola, me acomedí a levantarla, pero para pasárselas simplemente...*

*-No tuviste la intención de efectuar tú...*

-No; eso ya no...-dijo, interrumpiéndose nuevamente- y arrojó el expediente, se levantó, dio la vuelta al escritorio, se situó frente a Bernardo tomándolo por los hombros y mirándolo fijamente le dice con vehemencia:

-Bernardo, escúchame bien: si yo hubiera sido quien te interrogaba, seguramente tampoco hubiera insistido, pero el Agente tuvo razón: ya no le diste elementos para abundar más en el detalle ese; conmigo es distinto: a mí sí me dijiste lo que hacía Rudy, --¡además lo declaró!--, y a la hora que te toca tu turno...¡te lo callas!, ¿por qué?, ¡no me lo explico!, inclusive –debo admitirlo— contestaste muy bien al licenciado Vera, casi diría que detrás de tus palabras se nota cierta incomodidad, cierta molestia: eres terminante y hasta irónico en todas las respuestas y al final cortas hábilmente toda posibilidad de duda con esas frases categóricas: *"...no lo sé", "no ví", "no dije que no recuerde, si no que no ví, "yo no supongo nada" y etcetera etcetera;* pero no te olvides de una cosa: yo no soy el Agente del Ministerio Público "mi cabroncito" –le dice sonriendo y dándole "un coco"- : -¡de mí no podías escaparte!, de todos modos no creo que haga falta que te recuerde lo más importante de todo esto: que en mí puedes confiar plenamente, por eso me atrevo a preguntártelo: ¿POR QUÉ DIABLOS TE EVADISTE EN ESE PUNTO...?

Bernardo se siente súbitamente acosado, desvía la mirada, se frota las manos y las pasa nerviosamente por la barbilla, se mesa los cabellos y al fin, -forzando una sonrisa— pregunta:

-Oiga, ¿Qué...qué está tratando de insinuar...?

-¡insinuar, nada!, ya te dije, es sencillo: quiero saber qué hay detrás de todo esto ¡y solamente tú puedes decirlo!

Bernardo hace un ademán de incredulidad, agita los brazos, mueve la cabeza negativamente y sin dejar de sonreír nerviosamente, habla de nuevo:

-¡Chispas! "lic.", ¿quién se cree que es? ¡¿"Perry Mason"?!

-¡Aquí no se ve televisión porque ni hay todavía! Tú, como vas seguido a México nomás te la has de pasar viéndola ¡y yo diría que demasiado! –sentenció Alvirez blandiendo el índice-- -no te estoy "acorralando" de'oquis –si eso tratas de decir— lo que pasa es que no me explico tu embrollo, a menos que...

-¿Qué?

-¡Qué estés ocultando algo!

-¿Yo?, ¿por qué había de hacerlo?, usted lo que trata es de confundirme ¡y no sé por qué lo hace!, --en serio ¿eh, lic. ? ¡me asusta!, ¡tal parece que es el Fiscal, ¡no el Defensor!.

-Ya no soy tu "defensor".

-¿Ah, no?

-Claro que no: ¡ya no tengo de qué defenderte!

-Ahora me acusa.

-¡Sí!...pero nomás va a ser *"aquí entre nos"* ¿estamos?

–Sonrió socarronamente, como tratando de que *hable, de que le despeje "sus dudas".*

-¿Qué espera que le diga?

-Nada *que tú no quieras decir,* pero en vista de que no te animas, lo haré yo: -es algo descabellado quizás— pero, no sé, son muchos detalles los que me hacen suponerlo, en fin, ahí te vá: CREO QUE NO FUISTE TÚ QUIEN HIRIÓ AL JOVEN...

-¡Licenciado! –se escandaliza-- --Pretende usted que...no, ¡no puede ser!, yo no tengo madera de mártir, ¡yo no me echaría la culpa de algo tan grave como eso!

-¡A menos que no estuvieras seguro!

-¡Cómo podría no estarlo! -suspiró con desaliento-- ¡se me produjo el disparo!

-A ti sí. De eso no tienes duda, ¡pero pudo ocurrir que al mismo tiempo se le disparara la pistola también al otro muchacho!, y por lo que dices que "no eres mártir" ni nada de eso, pues...son sólo palabras, no lo harías por martirismo, sino por amistad o quizás por ignorancia de una situación real <u>que podría darse</u> –¿por qué no?- por otra parte creo lógico que hayas considerado que de ahondar en el asunto dando demasiadas explicaciones, abrirías la puerta a mayor investigación, a interrogatorios más exhaustivos y desgastantes, que agrandarían el lío, para que al final, quedará esclarecido que el propio hermano de la esposa... ¡era el heridor del cuñado! Y, ¿a quien beneficiaría todo ese drama, ¡a nadie!, y en cambio sumiría en la desesperación y en un dolor mayor a la viuda, ¿no es así?

-¡Pues claro! –replica Bernardo- -es obvio que eso pasaría, pero, aparte de todo eso que me señala, ¿por qué otra cosa piensa que yo no fui?

-¡Uuf! –exclama- -es un "chorral" de detallitos, por ahí andan como *perlas japonesas de "Nikito-Nipongo"* –señaló hacia el expediente-- --pero yo las he ido pescando "al vuelo", podría enumerarte un montón de cosas pero sólo te mencionaré –para terminar— las –creo yo- más importantes, <u>primero</u>: es evidente que Rudy también tenía una pistola en sus manos en el momento

86

que la tuya se disparó; segundo: el estruendo aturdió *demasiado* no sólo a tu amigo sino a ti también −hasta cerraste los ojos en el momento de la detonación, ello no descarta la eventual posibilidad de que *se hayan producido coincidencialmente* no solo uno, sino DOS disparos al mismo tiempo; tercero: tú dijiste −sin que ninguno de los dos preguntara: *"...se me disparó..."* , y entregaste el arma, el otro, aprovechando la turbación de ambos, se apresura a depositar en la loma o roca, la que él mismo manipulaba, junto con la fornitura o "la cosa esa", luego decirte *"dámela"* y recibir sin más trámite la que tú empuñabas...

-Eso no puede ser −discrepa Bernardo con energía- Rudy no tenía que "aprovechar mi turbación" ni "apresurarse" a nada; él −como Yo— ¡aún NO SABÍA que su cuñado estuviera herido!

-No dije que lo hiciera deliberadamente −aclara Alvirez—ni que lo supiera; dije simplemente que se apresuró a depositar su arma en la mentada roca, porque podía ser que en un acto reflejo él no quisiera que llegaras a suponer −ni por un momento— que a él *muy posiblemente* se le habría escapado otro tiro, ¡aún cuando no pensara en ese instante si hubiese impactado en algo o a alguien!, conclusión: al percatarse que su compañero está herido, cada uno −por su lado y sin decir palabra—no está seguro de *si es o no el responsable;* por tu parte −es mi hipótesis--, prefieres que así lo haga saber Rudy cuando venga a buscar ayuda; por lo que a él respecta: deja que tú creas que fue tu disparo el que abatió a su cuñado: queda convencido en que es así y no de otro modo, porque en primer lugar NO está seguro y en segundo: es lo que mejor conviene para todos y con esa convicción se va a la ciudad; y te repito: ¡así es como yo me lo imagino!

-¡Pues tiene mucha imaginación!

-Pero no me atengo a ella, sino a todos esos detalles qué, como te digo, resultan innumerables para considerarlos como consecuencia lógica, factible de que se dieran, por ejemplo: la familia tiene muchas relaciones por la posición que guarda, el dinero que tiene, etc.; todos estos días −desde antes del fin de año-- he pensado en ello: tiene que haber algo más -me he estado diciendo— si nó, ¿por que tanto aceleramiento de los trámites?, la firma de la viuda aceptando *de facto* lo expuesto por ustedes, lo de la dispensa de la autopsia –fue lo primero que pidieron-, el cuerpo no fue tocado, si acaso un reconocimiento minucioso, además el médico legista, doctor de gran prestigio y muy reconocido en la comunidad, en fin...

-Por cierto –apunta Bernardo- en los periódicos salió que lo que causó su muerte fue un ataque de anemia aguda por el derrame interno ¡y quién sabe cuantas cosas más!

-Sí, lo leí; es más: creo que por aquí tengo un periódico que habla de eso y de que el derrame se produjo porque el proyectil perforó las arterias coronarias; puros tecnicismos con los que se llena el formulario de las actas de defunción.

A continuación, Alvirez levanta la mano izquierda haciendo un puño, y con la otra separa el dedo gordo primero, luego el índice y el medio, para decir:

-De lo que se desprende: A): sepultaron al muchacho con una bala en el cuerpo que no se sabe *si procedía de una escuadra o un revólver, aunque ambas de calibre 22;* ): B): la distancia estimada a que fue disparada el arma, es correcta desde el punto del que tú brincaste...pero también lo es desde el punto en que se encontraba Rodolfo, de esta forma se comprendería que el ángulo en que se hallaba el herido –cuando aún no se erguía-- es equidistante al que guarda cada uno de ustedes entre sí, y C): la trayectoria que siguió la bala debes recordarlo— va ligeramente de arriba hacia abajo, lo que prueba que el joven fue impactado en el instante mismo en que se erguía y no antes; para tal caso tan factible es que el proyectil saliera de tu pistola, ¡como también lo puede ser de la que Rody –o Rudy— manipulaba...!, hasta aquí todas mis *elucubraciones* –si quieres llamarlas así--; ahora te toca a ti despejarme la incógnita, ¡aclarar mis dudas!, dime Bernardo: ¿omitiste intencionalmente el hecho?, ¿fue un acto fortuito, espontáneo, algo que por intuición hayas decidido *sobre la marcha y en el momento mismo de rendir declaración?*...si fue así, la hipótesis que te he planteado es correcta, ¿quieres entonces decirme por qué lo hiciste...?

Bernardo ya no le escuchaba, se encontraba radiante, gozaba de esa situación, hacía movimientos incoordinados con la cabeza y con las manos; sin embargo trata de serenarse buscando las palabras apropiadas para responder, -Alvirez se mostraba satisfecho pero expectante- al fin resuelve hacerlo:

-Bien licenciado, no voy a tratar de evadirme: ¡tiene usted razón! –tiene razón en todo lo que imagina-, pero antes de continuar quiero decirle que nunca tuve la intención de falsear los hechos ni modificarlos, no dije mentiras en mi declaración, ni siquiera fue una "verdad a medias"...

-¿Ah, no?, ¿Qué fue entonces...?

-Fue una verdad simplemente;.... ¿cómo le diré?: fue...*mi verdad,* ¿puede entenderme?

-¡Lo estoy intentando, continúa!

-Pasé por alto describir lo que hacían, ¡es cierto!, también lo es que durante el interrogatorio insistí en lo mismo porque resolví que ya metido "hasta el cuello" como estaba, en nada me favorecería ser tan explícito y si –en cambio– había el peligro de que yo mismo –traicionado por nervios– me enredara y cayera en contradicciones sin tener razones para ello, porque -como usted dice– podría confundir al Ministerio Público haciéndole considerar *otras posibilidades* que solamente retardarían el maldito proceso, además se prestaría a averiguaciones muy a fondo, ¡que a lo mejor no servían para nada!

Alvirez rebate:

-Tú no tenías porque sacar esas deducciones *a priori.*

-Sí, porque podría alargarse la situación y el que iba a "pagar el pato" sería yo, porque con tanto lío, lo más seguro es que tardarían mucho en soltarme, por un lado pensé en todo eso, por otro que en la noche anterior –cuando todavía no me dormía—estuve repasando paso a paso lo ocurrido, y así como usted lo detectó, yo también –en principio– me hice todas esas consideraciones, no estaba seguro y quizás nunca lo sepa con certeza –no pienso preguntárselo nunca a  Rudy-, además todo ocurrió tan vertiginosamente, me refiero a la impresión que experimenté, vea usted: se me dispara el arma –eso es innegable— luego Rudy que mueve al Fili y ¡zas! Que se cáe herido de muerte, en el mismo instante el otro me grita: "...¡le *diste Nayo, le diste...!*"; me quedé como atontado...no sé decirle...sentí miedo...¡algo indescriptible! Y...acepté de buena gana el papel que prácticamente yo mismo me había asignado en el drama; en cuanto a Rudy, pues...dio por hecho que las cosas eran así y no de otra forma,, esto también usted lo supone, como si adivinara que podía caber cualquier posibilidad ¡y sin haber estado allí!.

-No es cuestión de que adiviné, -corrige Alvirez- ¡las evidencias me lo mostraron!.

-¡Evidencias! -exclama airado Bernardo— todas esas ideas suyas –y también las mías— licenciado, ¡no son más que suposiciones!, por eso le digo que no me atrevería a discutirlo con Rudy.

-¿Por qué? ¿Por qué son "suposiciones"? ¿qué tendría de malo plantearle esa...inquietud –*llamémosla así*- que te asaltaba?

-Se ofendería. ¿A qué remover la herida, después de la "bronca" en que lo metí, por haberme invitado a acompañarlos?, ¡si no *"quedé tan bien"* con lo que hice!; además si no lo mencioné durante las investigaciones –a las que asistimos declarando por separado- menos ahora que todo ha terminado, ¡ni ahora ni en el futuro!

--¡Tienes razón! –conviene Alvirez—sería demasiado temerario de tu parte que llegaras ni siquiera a insinuárselo, de ahí que hayas resuelto dejar las cosas como se presentaban y lo de las omisiones que se repiten, puede considerarse como un acto reflejo, como una medida preventiva que tomaste; no, ¡si no tiene "vuelta de hoja", reaccionaste muy bien!, por eso te digo que podrías ser un buen abogado, sin comprometerte saliste airoso del paso: después de reafirmarte en tu posición de "no haber visto" que no es lo mismo que "no recordar" pues... al Agente ya no le dejaste oportunidad de seguir atacándote por el lado de los "detalles", por otro lado lo declarado por Rudy cobra mayor importancia: es obvio que el Licenciado Vera consideró ocioso y hasta irrelevante continuar con el interrogatorio, si ambos, en esencia, coincidían en el relato de los hechos...

-Sí, Licenciado: es posible que todo lo que hemos hablado en esta mañana sea cierto, pero también es posible que NO lo sea, lo que si es cierto —y usted estará de acuerdo conmigo— que al exponer la *eventual posibilidad de un segundo disparo,* con ello no le devolveríamos la vida a ese pobre muchacho, ¡lo cual jamás lamentaré lo bastante!. Por otra parte usted mismo dice que de cualquier modo sería un *homicidio imprudencial,* ¿qué mejor Licenciado Alvirez que todo haya recaído sobre mi persona y no sobre la de Rudy?, a quien por nada del mundo desearía yo que fuera responsable de ese doloroso suceso, ¿no cree usted?

-Si tú lo dices —suspira convencido— lo que sucedió en el proceso y la manera como ha concluido, fue lo mejor para todos, y ahora, ¿qué piensas hacer?

-Mis papás y demás familiares —nada menos anoche platicábamos de eso— opinan que sería muy bueno y saludable tanto para mí —en primer lugar-- como para todos, enviarme a México. Como sabe, tengo familiares allá y es muy posible que me ayuden para continuar estudiando en la capital, seguramente ahora que llegue y les cuente, pues...tomarán providencias para que haga el viaje lo más pronto posible; ya estando fuera de aquí piensan que no estaré perturbando tanto mi mente con el recuerdo...

-Lo lograrás. Ah y... ¿quieres que te diga una cosa?, ¡precisamente pensaba aconsejarte lo mismo!, es lo mejor: que te ausentes por un tiempo de aquí.

-Bien, "lic.": ¡no tengo palabras con qué agradecerle todo lo que ha hecho por mí, ni como pagarle...

-¡Ni que lo digas! -le ataja- ¡nada tienes qué pagarme!, debes saber que ni el mejor abogado del mundo puede ayudar a alguien que no quiere ayudarse: "el que no habla Dios no lo oye" o "el que no rebuzna atrás se queda", con esto quiero decir que el mérito mayor te lo llevas tú mismo, pues a pesar de estar tan chavalo, hiciste lo que debías hacer: afrontar con valentía y honradez la situación en que te viste envuelto y asumir la responsabilidad de las posibles consecuencias que acarrearía tal suceso qué, como quiera *no es cualquier cosa. Qué te vaya bien y en adelante piénsalo dos veces* cuando estés en peligro de una situación semejante.

-Ya lo he pensado:*i jamás de los jamases* volveré a disparar, es más: *ni a tocar* un arma en mi vida! Y... imejor ya me voy porque si sigo hablando, corro el peligro de que cuanto diga *"pueda ser usado en mi contra".* –Termina en tono festivo.

-¿Lo ves?, yo tenía razón: ives muchas películas!

-Es que, cuando usted pregunta... ihay que tener cuidado!

-No te preocupes, ya no volveré a preguntarte nada sobre esto: ya todo quedó aclarado.

-*No esté tan seguro de eso.* –Puntualizó Bernardo en tono entre cómico y serio. Sale a toda prisa sin volverse a mirar al abogado, que, sonriente, mueve la cabeza mientras murmura:

-¡Mira que cabrón!

Bernardo marchó a la capital, se inscribe en una prestigiada escuela bancaria y comercial. Al terminar el ciclo escolar, vuelve para las fiestas de "fin de año". Al llegar el día de navidad -25 de diciembre de 1959— se hace acompañar de su amigo Alfredo Henestrosa y visita muy temprano el cementerio donde está sepultado su amigo. Le lleva como ofrenda luctuosa de primer aniversario, un modesto arreglo floral cubierto con un listón de seda blanco en donde hizo imprimir la leyenda "EL RECUERDO DE TAN DOLOROSA EXPERIENCIA SERÁ MI MEJOR EXPIACIÓN". Sería la primera vez –pero no la única, en muchos años por venir-- que rindiera un respetuoso homenaje a quién perdiera la vida en circunstancias tan lamentables .

Algún tiempo después su familia cambió su residencia a la ciudad de México y las visitas a su ciudad de origen –en donde sólo le quedaban unos cuantos parientes— fueron espaciándose cada vez más.

Durante sus estancias posteriores, que siempre fueron breves, decidió que no frecuentaría más –al menos por tiempo indeterminado— a la familia Serra Bermúdez. Ni siquiera a Rudy –de quién supo que estaba próximo a recibirse de Administración— aunque llegaron a encontrarse en centros de reunión, en alguna misa dominical o en el cine, sólo se limitaba a saludarlo cortésmente y a distancia, igual lo hacía en caso de que el encuentro –siempre casual-- se diera ya fuera con alguno de sus padres o hermanas, quizás porque no deseaba remover la herida que ya comenzaba a cicatrizar en el ánimo de todos los involucrados en aquella tragedia; Rudy por su parte, pareció aceptar tácitamente la actitud asumida por Bernardo y la amistad se enfrió a tal punto entre los dos muchachos, que no volvió –en definitiva— a ser como antes.

Por lo que respecta a su antiguo jefe –y defensor— el Licenciado Raúl Alvirez Taboada, llegó a tener oportunidad de saludarlo pero también de manera casual, incluso algunas veces lo visitó en su despacho o en su casa, con su familia, pero las conversaciones que mantenían no revestían mayor trascendencia, mucho menos tocar el tema del accidente, que a la perspectiva de cinco años, ya iba perdiendo vigencia.

Transcurren otros cinco años más en que Bernardo terminados sus estudios de comercialización y mercadotecnia –siempre en la ciudad de México- ejerce sus actividades en un organismo internacional de turismo y hotelería, que a la sazón lo lleva a obtener una pequeña beca para especializarse en relaciones públicas y algunos otros aspectos en esa materia, que lo lleva a permanecer en Europa -entre España y Francia-por un tiempo.

Eventualmente se sentía nostálgico, resultando inevitable que sus pensamientos lo llevaran a recordar aquel doloroso episodio vivido en su adolescencia, especialmente cuando paseaba por las rúas parisinas o al detenerse, mientras observaba el soberbio panorama de la ciudad lux desde el puente de Alexandre III, muy cerca del de la Concordia, o elevando la mirada hacia la Torre Eiffel, cuya silueta férrea se domina y lo sigue a uno desde todos los puntos cardinales, pero sólo era por breves momentos, ya que el ver correr las aguas mansas –sin prisa- del río Sena, lo sacaba de su cavilación retrospectiva para preguntarse si el encanto de aquellos momentos, es decir el encanto de todo París –que tanto le subyugaba-- lo ataría allí para siempre.

Al final, decide no regresar a México y escoge a España para fijar su residencia. El tiempo avanza inexorable y a lo largo de quince años más, sólo vuelve a su país unas cuatro o cinco veces, siente –y está persuadido de ello— que su destino está definitivamente en Europa....

# CUARTA PARTE

VIVIENDO en Madrid, Bernardo se ha convertido en todo un ejecutivo joven de las relaciones públicas en turismo y su tiempo lo divide en viajar por toda la provincia española, Portugal y Marruecos, supervisando servicios a grupos turísticos especialmente latinoamericanos. Con cierta frecuencia realiza meteóricos viajes indistintamente a Alemania, a Suiza, a Roma y toda Italia, también a Londres y París por exigencias de su trabajo o por descanso simplemente...cuando dispone de tiempo para hacerlo.

Como ahora (fines de la década de 1980) en que un verano cualquiera y también a punto de terminar, sorprende a Bernardo pasando unos días en París. Los árboles comienzan a vestir su follaje color naranja y ocre, algunas ráfagas de aire remueven la hojarasca de aceras y bulevares y la levantan en pequeños remolinos, anunciando la inminente llegada del otoño. Las gentes circulan a toda prisa –en París siempre se tiene prisa... ¡por vivir!-- embozando el rostro entre sombreros, solapas de abrigos, impermeables de plástico, elegantes gabardinas inglesas y paraguas, por si llueve...lo cual casi siempre ocurre, al menos por las tardes.

Bernardo abotona la parte superior de su abrigo corto de *"cashemire"* y trata de alcanzar la acera de los famosos almacenes *"Primtemps" en el 64 del Boulevard Haussmann,* cuando casi lo logra, instintivamente dirige la vista hacia las puertas de acceso por las que entra y sale una incesante muchedumbre a todas horas del día; de pronto queda como clavado en mitad del boulevard Haussmann: ahí, justo frente a él, ha salido de la gran tienda, el Licenciado Raúl Alvirez Taboada, sí, no hay margen de equivocación: los mismos rasgos, su abundante mata de pelo –un poco canosos ya– la misma forma de lentes, su forma de caminar, inconfundible su porte elástico y deportivo que le da un cierto aire de juventud (no en balde –se dijo– desde que yo era un chamaco pensaba: si este señor vive cien años yo siempre lo ubicaré entre los treinta y cuarenta, que entonces, ¡ya consideraba mucha edad!), ahora se ha detenido y tranquilamente consulta un folleto que contiene, al parecer, un plano de París. Bernardo escudriña sus movimientos, sus conocidos gestos, teme que vaya a escapar del alcance de su vista y con resolución le habla:

-¡Licenciado Alvirez! "lic." –vuelve a llamarlo, abreviando la palabra, como siempre lo ha hecho al dirigirse a él- -¡Que gusto encontrarlo! ¿ya no se acuerda de mí?

Alvirez que permanecía absorto en la inspección del folleto, reacciona tardíamente, mira en torno suyo y luego al frente: al fin lo descubre que expectante y casi a mitad de la calle le mira, lo reconoce y sonriente ya le extiende los brazos, y ambos se encaminan estrechándose en efusivo abrazo:

-¿Qué pasó Bernardo?, ¡qué gusto hombre, años que no te veía y mira donde nos venimos a encontrar! ¿qué andas haciendo aquí?

-Desde hace tiempo vivo en Madrid, pero vengo con alguna frecuencia a París y algunas otras ciudades de Europa, ¿y usted?

-No tan seguido como quisiera, pero ¡sí de vez en cuando!, bien, te diré: estoy aquí para asistir a un Congreso de Jurisprudencia que ayer, precisamente terminó; vine con mi "vieja" y mi suegra, pero ellas se fueron unos días a Holanda, las espero para mañana y ya regresarnos a México, ¿Cómo me reconociste?

-¡Pues si está igualito!

-Tú si que estás igual, ¡cabrón!, menos flaco pero igual; yo no: fíjate que estoy *"muy jodido"* ¿te acuerdas de aquella operación que me hicieron en Estados Unidos, hace casi treinta años?

-¡sí, cómo no!, fue precisamente que por eso dejé de trabajar en su Notaría, pues duró quien sabe cuantos meses su convalecencia; creo que lo operaron de unos hongos en la cabeza pero ya después se alivió y quedó perfectamente, ¿qué no?.

-Sí, porque me fue detectado un *aneurisma* y me pusieron una manguerita delgadísima que iba del corazón –como si fuera otra arteria-- para que me irrigara sangre al cerebro, pues resulta que ahora ya no sirve, ya está casi obsoleta pero el caso es que no puede ser extraída, lleva años encarnada en los tejidos y sólo me mantiene vivo un tratamiento muy riguroso a que me tienen sometido, a veces estoy bien y por un determinado tiempo, pero luego me hace crisis, ¿cómo la vez?

-¡Consternante!

- ¿y tú? ¡cuéntame!.

-Lo haré con gusto, pero, si no lleva excesiva prisa podemos entrar ahí -señala un pequeño Café— ¡el viento éste comienza a ser molesto!

Antes de entrar, en un movimiento instintivo, Alvirez toma por un brazo a Bernardo y observa:

-Oye, tengo la intención de platicar largo y tendido contigo, que ninguna prisa llevo, pero ¿no será peligroso?, con eso de tantos bombazos, sé que el terrorismo está "a la orden del día por aquí"

-¡Ah, no se preocupe, el sitio es pequeño, no creo que entrañe mayor peligro, es cierto que hace poco estalló un artefacto de esos muy cerca de aquí –en los almacenes "Galerías Lafayette"—y otro menos potente en la tienda de la que acaba de salir, pero nada serio: no hubo muertos ni heridos, pero si se hicieron añicos –en ambos— algunos aparadores, vitrinas y mercancía, nada serio, los hay con más frecuencia en Madrid y Roma, pero por lo general, el terrorismo nunca hace su aparición en el mismo rumbo... ¡al menos no tan pronto!.

-¡No chingues!, -pero si tú lo aseguras— así será: ¡entremos pues!

Se instalan cómodamente en un acogedor rincón y frente a las humeantes tazas de reconfortante café colombiano, inician sus relatos, Bernardo en primer lugar:

-No se si recuerda, pero la última vez que nos vimos, le comenté la posibilidad de venir a Europa a tomar unos cursos de especialidad en turismo, lo hice y me quedé a probar suerte y permanecer, en principio, por uno o dos años, ¡que se han convertido en más de quince! claro que he vuelto a México, pero no me han dado tiempo mis cortas estancias allá, de viajar hasta Sonora, o será que no he puesto interés en ello...

-Sí, hombre, --repone Alvirez-- -¡qué bárbaro! Años que no nos veíamos!, mira nomás qué casualidad *"chingao"* volver a encontrarnos ¡y nada menos que en París, Francia!, ¡Quién me lo hubiera dicho! −Y luego, tornándose un poco serio, preguntó: -¿eres feliz?...

-Todo lo feliz a que se puede aspirar: tengo mi tiempo muy ocupado, llevo una vida muy ordenada, cómoda, no soy rico pero disfruto plenamente de pequeños placeres −como cualquiera- vivo un presente que se prolonga siempre con cada día y, en suma, no siento que me falte nada...por ahora. −Al terminar esa frase, Bernardo sonríe levemente para sí, pero lo percibe Alvirez:

-¿De qué te ríes?

-Es que me acordé de una vez, recién que me fui a México y que regresé a Sonora al cabo de un año, casi, y viéndome ya más crecidito, lo primero que me preguntó fue: *"...¿ya coges?..."* y yo le contesté: *"no, porque me deprime mucho la mujer en la prostitución"*, se lo digo para salir al paso de cualquier "especulación" y no me vuelva a preguntar lo mismo, ¡ya que debo confesarle que sigo soltero!, quizás más adelante cambie de parecer, pero no creo, por lo que he visto la gente, aun cuando se case varias veces, llegue a tener hijos, nietos y bisnietos siempre termina en la soledad, y yo me estoy ahorrando el camino, en fin, como decimos en México: "ái la llevo", ¿y usted "lic." ¡lo encuentro muy bien! Y eso que debe andar *rascando por ahí de los sesenta* ¿o que nó?

-¿Rascando? ¡ya hasta los pasé, mi querido Bernardo! Y, no creas, ya empiezan a pesarme, por lo menos ya no puedo conducirme como lo hacía antes, de repente tengo ataques de fatiga –me canso mucho-, es por el chingado tratamiento que sigo, es muy estricto, ya casi no fumo y bebo menos...

-¡Pues no debe fumar ni beber nada!

-¡Bah, si de todos modos me va a llevar la chingada, que me lleve contento!; tú sí que no has cambiado gran cosa, como te lo dije ahorita al vernos: eres el mismo de hace unos años –cuando te vi la última vez– ya ni me acuerdo si fue en Sonora o en México...

-En México. –Aclara Bernardo.

-¡Pues te veo igual! -reitera– si acaso con un aire "de más mundo", sé comprende: ¡viviendo en Europa!, y te felicito, ¿eh?, porque veo que tu carácter tampoco ha cambiado: sigues siendo el mismo chavalo alegre, inquieto y abierto que conocí, -luego y poniéndose un poco más serio, observó como midiendo sus palabras-: -Por lo menos, espero que también hayas superado la experiencia aquella que tuviste, estando tan chamaco como estabas, es bueno que hayas olvidado...

Bernardo entendió a qué se refería:

-¿Olvidar?, no; ¿por qué? Todo lo que nos acontece de alguna manera nos sirve, con el tiempo se adquiere un sentido inequívoco de evaluación, se aprende a apreciar lo que se tiene, lo que la vida nos dá y también lo que nos quita: se va viendo la vida de diferente manera, eso es todo.

-¿Y...ni más has vuelto a ver a esa familia?

-Nunca más.

-¡Supiste que cinco o seis años después se volvió a casar Bety Serra, la viuda del...

-Sí. Lo supe por entonces –lo interrumpió-- -y me dio mucho gusto, sólo sentí que haya tardado tanto en hacerlo, sé también que tiene dos o tres hijos.

-Bueno, ella era muy joven cuando murió el esposo, al que le ha ido muy bien es al hermano, a tu *cuate* pues; administra –y muy bien— todos los negocios de la familia, ¿de él también te distanciaste? No creas, yo ya casi no frecuento a nadie, veo a muy poca gente...

-Pues usted siempre ha sido muy dinámico y muy relacionado en todo Sonora y en la política iba muy bien, ¿no?, tengo entendido que fue Procurador de Justicia en el Estado, de ahí a Gobernador nada más hay "un brinquito"...

-Nunca me interesó mayormente la política: hay que "casarte" con ella y yo siempre he preferido vivir con y para mi familia.

-Sabia decisión. Pues yo sí que poco o nada he sabido del "terruño" y en cuanto a que si también de Rudy me distancié, la verdad sí; mientras estuve yendo por temporadas a Obregón –cuando vivía en México— tuvimos encuentros ocasionales, sin embargo y a pesar de que nunca me manifestó rechazo alguno –siempre invariable la simpatía que mostraba por mí, tratándome de manera normal, como si nada hubiera pasado, yo fui el que se empeñó en que aquellos fueran superficiales y es que yo sentía –o intuía, no sé— que de todas maneras nunca hubiera podido ser como antes, la tragedia ocurrida influyó para que se enfriara aquella amistad que venía desde la infancia, no habría podido entrar a su casa con la misma confianza de antes, en fin, fueron muchas cosas...

-Oye  -profundiza impulsivo Alvirez-  -no sería que de continuar las relaciones, el trato familiar –al menos con Rudy— ¿temías que diera pie a comentarios o futuras aclaraciones con él?, vamos que discutieran sobre el tema que nunca iba a dejar de ser espinoso?, como ya habían pasado unos años, no es difícil que Rudy viera con naturalidad hablar de ello, después de todo fueron los dos involucrados directamente en el suceso; sólo que al mantenerte distante, anulaste esa posibilidad, en el fondo fue por eso, ¿no?.

-¡Claro que no!, ¿por qué lo dice?

Porque al final pienso que a lo mejor a él le convino más que a ti el "echar tierra al asunto".

Otra vez *"la burra al trigo"* pensó Bernardo y respondió:

-No tiene usted fundamento alguno para seguir pensando eso. —Acotó molesto.

-¡Hombre!, lo digo porque en ocasiones viene a mi memoria el epílogo de todo aquello y hasta me río sólo, al recordar como "te gané la partida" al hacerte aclarar el punto aquel que con toda seguridad nunca me hubieras dicho ¡si no te insisto en ello!

-¿Qué punto "lic."?

-*"Adió"* no te hagas...el de convencerte sobre la posibilidad de que hubiera habido <u>dos</u> disparos, ¿ya se te olvidó?

-N-no, no se me ha olvidado, pero es que...bueno, ¿de veras *ha creído* usted que me ganó la partida?...¿y, si yo le dijera que eso fue *sólo a medias?*

-¿*Por qué "sólo a medias"?* A ver a ver: ¿te guardaste algo más en el "huacal"? ¡no lo puedo creer...!

-Pues... sí, "lic.", conservo un "as" que si bien no desbanca para nada la teoría que en aquella ocasión expuse, si puedo decirle <u>ahora</u> que adonde usted llegó, ya yo había llegado... *¡pero por diferente camino!*

-¡Ah, caray! ¿cuál fue?

Uno que usted ni se imagina, pero como ya han pasado casi treinta años, no tiene caso seguir ocultándolo, además, en cierta forma estoy en deuda con usted...pero oiga, yo no he almorzado aún, ¿no quiere acompañarme a comer algo de una vez?, mientras tanto, le iré platicando...

-Pues yo creo que sí te acompaño, me has abierto el apetito con todo lo que me estás contando ¡y me emociono como cuando lo hablábamos entonces!, pero... ¿qué pediremos? Yo no entiendo *ni madre* de francés y me cuesta trabajo comer cuando vengo acá.

-Huumm, déjeme ver que tiene en la "carta" para hoy: "... *longe de veau, picarde, petite carrotes, etuve au burre, pommes anna, salade de saison fromage y pattisserie...*"

-¿Qué es todo eso, tú?

-Pues...no crea que yo le "intelijo" mucho que digamos, pero más o menos es..."ternera asada, zanahorias con mantequilla, papas Ana, ensalada de la estación, queso y pastelillos ¿le parece bien? ah, y pediremos una botella de vino *"Beaujolais"* que es exquisito aunque algo "corrientón", pero le gustará; ¡yo invito!

-Oye, ¡formidable! a tí no se te atora nada, estés donde estés! veo que has aprendido a vivir...y a vivir bien, ¿eh?

-"¡Abuelita de Bat-man"! Y mire "lic.", la regla es sencillísima:

¡Siento que la vida es un bien digno de apreciarse!, es un "don" que Dios nos dá para que lo disfrutemos a plenitud, mientras tengamos oportunidad de hacerlo, ¡el hombre está diseñado para ser feliz! Y como jamás comprenderemos por qué es que muchos seres se ven privados de ella prematuramente en tanto que a otros se nos prolonga, por lo menos eso nos da la oportunidad de buscar nuestra subsistencia del mejor modo posible, pues la aventura más maravillosa es la de existir simplemente, bueno o malo, pobre o rico —no hay otra opción— es la única forma que conocemos: la viviente, y si muriera mañana no me pesaría, puesto que hasta hoy he tratado de pasarla lo mejor que he podido, no sé con qué propósito estoy en el mundo viviente, pero no es de mi incumbencia, busco el perfecto equilibrio que me permita el *ser,* no el *no ser,* ¡puesto que vivir es cosa del hombre y morir es designio del Dios que nos creó!, allá él cuando diga hasta aquí llegaste. Bueno, ¡eso es lo que yo creo!

-Es tu filosofía...

-Claro "lic." hay que estar siempre animoso porque el pasado ya no existe y el futuro es incierto.

-¡Donde habrás leído eso!

Bernardo contesta al punto:

-En Florencia, en el Palacio del Pitti, a la entrada de los aposentos de Lorenzo de Médicis, en la parte de arriba de la puerta principal se lee: *"...¡Qué bella es la juventud, cuán rápido nos deja!. Quien quiera vivir la vida... ¡vívala, que en el futuro no hay certeza!* Escritas en el siglo XV... ¡y creo que siguen vigentes!

Los suculentos platillos –verdaderos manjares– se sucedían uno a otro y los devoraban con avidez, ya en los postres el licenciado Alvirez retomó el hilo de la conversación y con curiosidad le interroga:

-Ejem...volviendo al tema, hablaste de un "as" que conservas y que ibas a mostrarme, no puedo ocultarte mi interés ¡o a estas alturas ya será simple curiosidad!

-Sí, "lic.", como le decía: el tiempo transcurrido no ha logrado borrar un solo detalle de aquella desgracia, aquel suceso que arrojó como saldo la muerte de un hombre, de un hombre joven: con toda una vida por delante, truncada abruptamente por azares del destino que a veces es cruel...pero...pero he vivido tranquilo, Dios sabe que no deseé que ocurriera, ¿qué puedo hacer contra la mano del destino? De pronto me vi envuelto en una tragedia como protagonista, ¡todo fue inevitable! Recuerda usted que le hablé en su oficina de que lo que expuse en mis declaraciones no había sido mentira ni verdad "a medias", sino una verdad a secas, más o menos fueron las mismas palabras.

-¿Más o menos?, ¡yo diría que exactas! Y es que ahora que lo mencionas, las recuerdo como si acabaras de pronunciarlas. –Puntualizó.

-Pues bien, ese día yo salí del Despacho radiante y satisfecho de que usted –sin saberlo– acababa de corroborarme algo que...que desde el mismo día del accidente daba vueltas en mi cabeza.

-Sin saberlo *"¿y le di al clavo?"*.

-Ahora le diré por qué: usted, con los elementos contenidos

en ambas declaraciones y comparados con los que yo le había contado, estableció la *hipótesis* de que no era sólo a mí a quien podía adjudicársele la responsabilidad de producir un disparo, concretamente del que hirió y posteriormente segó la vida de Filiberto; yo se la acepté pero sólo como una "posibilidad remota" y los dos concluimos qué, finalmente, todo quedaba en suspenso porque no teníamos la certeza –ni la manera de averiguarlo— de que así hubiera sido en realidad...

-De acuerdo, pero no comprendo que es lo que yo, sin saber...

-Que no sólo omití que Rudy tuviera la pistola en su mano, ese y otros detalles que usted luego descubrió por cuanto a que ya se los había mencionado en lo personal; *hubo algo más que sólo yo sé* y que nunca se lo comenté a nadie, ni siquiera a Rudy. Es un episodio que por primera vez en mi vida voy a revelar ¡y qué mejor que a usted, que sabrá comprenderlo porque en cierta forma también quedó ligado a los hechos! Partiendo de que, en primer lugar no se me disparó la pistola cuando me disponía a brincar, -como se lo dije primeramente a Rudy y después a todo el mundo— *eso lo inventé yo...*

En ese punto detiene la narración para dar un sorbo a su café, Alvirez parpadea turbado, se le atraganta el vino, pasa la servilleta por sus labios y expresa con sequedad:

-¿Ah, no? ¿¡cómo que lo "inventaste"!?, ¿pues que chingados pasó?, dilo ya que estoy tan sorprendido como si fuera la primera vez que oigo el relato, y con esto último, peor, ¡me dejas "de a seis"!...

-Cuando levanté la pistola y que muy claramente me di cuenta de lo que hacía uno y otro, -tan abstraídos estaban, que de momento no repararon en mi proximidad-- inclusive cambiamos frases referentes al regreso a la ciudad, pero todo sin que voltearan a mirarme, de pronto, sin saber a qué obedecía mi impulso, observé por unos instantes el arma en mi diestra y esos bastaron para que empezara a recordar...a agolparse en mi mente una serie de pensamientos relacionados con mi aversión

–o ineptitud, es lo mismo– para el uso de armas de fuego: pensé luego que si no hubiera sido por mi cobardía, mi poco espíritu , yo ya sería un experto en "tiro al blanco" y hasta en el manejo de las armas desde por lo menos tres años antes...

-¿Por qué como tres años?

-Ya se lo había contando entonces: porque en compañía de Rudy y de su papá asistía con frecuencia al Club Campestre donde estaba el "stand de tiro", mientras yo disfrutaba de la alberca, ellos –junto a los otros tiradores- practicaban por una o dos horas todos los domingos. Rudy se aficionó en tal forma que aún no cumplía los quince años cuando ya podía considerársele "una autoridad en la materia"...

-¿Alguna vez te invitó a tirar con ellos?

-¿Alguna?, ¡muchísimas veces!, constantemente insistía en que debía iniciarme en el deporte que tanto lo apasionaba –a lo mejor desde el accidente se le quitó la pasión- ¡a saber!; como le digo: no perdía oportunidad en mostrarme *lo fácil que era hacerlo,* (se le olvidaba lo que yo le decía respecto a que en mi casa jamás me comprarían una pistola y que por eso "se me hacía por demás" intentarlo).

Bueno pues en el momento aquel recordé paso a paso las instrucciones que solía darme: cómo empuñarla, como afinar la puntería, etcétera; me sentí dominado por una extraña fuerza que me llevó –en esos cuantos segundos que le digo—a buscar un objeto que me sirviera de "blanco", incliné el brazo hasta que mi vista tropezó --casualmente— con un enorme "cirio-sahuaro" que se erguía allí, apenas unos quince o veinte metros delante de nosotros, en el desnivel del cerro...

Bernardo revivió con fidelidad el episodio del "sahuaro" sin omitir detalle alguno, terminando su relato en el momento aquel en que descubre el hilillo de humedad que procede del orificio, y que tanto lo inquietara mientras duró la espera en la soledad del monte, escoltando el cuerpo del infortunado Filiberto.

-Alvírez abría desmesuradamente los ojos, movía de un lado

a otro la cabeza, no acertaba a pronunciar palabra, ¡su estupor no tenía límites!, al fin pudo dominar su excitación, para decir:

-Pero...pero esto es... ¡increíble!, ¿has esperado casi treinta años para decírmelo?

-Mas vale tarde que nunca...

-Y... ¿y si no nos hubiéramos encontrado?

-Pero no ha sido así, ¡puesto que estamos juntos en este momento!

-Entonces yo...bueno, -Alvirez cavila un momento y continúa-: -ahora me explico lo del "as" que dijiste, ¡desgraciado!, ¡estuviste jugando conmigo todos estos años!; y yo que creí siempre haberte ganado, para mí fue un triunfo entonces convencerte de... ¡de algo que tú nunca dudaste! Algo que descubriste ¡desde el momento mismo en que expiró el muchacho! Ahora no hay duda, yo también comparto esa satisfacción pues me doy cuenta de que "no anduve tan perdido", nunca *deseché del todo mis suposiciones, mis dudas,* ¡y ahora tú mismo acabas de confirmarlas...!

-Pues aún así, licenciado, comprendí desde siempre, que jamás reuniría prueba alguna que las sustentara, menos ahora que ha pasado tanto tiempo, y, la verdad es algo que no me quita el sueño en lo más mínimo: ¡lo que pasó, pasó!.

-¿Cómo de que no?, si hasta me acuerdo haberte mencionado que a mi modo de ver, *habían sepultado al muchacho con una bala que no se sabía de cuál de las dos pistolas procedía,* ahora, con lo que me acabas de contar, habría que añadir que existe también —o existió, sabrá Dios si ya se habrá secado o lo habrán tumbado— un sahuaro perforado, ¡quizás por la bala con la que tú le disparaste!, y créeme: si yo hubiera sido el Agente del Ministerio Público y lo que me has contado ahorita, lo hubieras incluido en tu declaración, los habría llevado a *los dos* al lugar de los hechos (cosa que, por otro lado a ti te preocupaba mucho que se hiciera) y resolver que <u>tú no eras el autor de esa muerte , hasta que se demostrara con claridad</u> la responsabilidad de uno y otro. Además te habría ayudado a confirmar una eventual inocencia ¡aunque no quisieras! –De hecho tú crees en ella– si no, no hubieras sentido la necesidad de revelármelo; has vivido alimentando ese sentimiento de desazón ¡que al parecer no te ha abandonado!

–¡Bah!, ¿cuál desazón, cuál convicción? -Protesta airado– ¡la convicción de la duda, solamente! , nunca hubo nada definitivo en mis juicios "lic.", quizás el orificio del sahauro lo causó momentos antes un pájaro o una pedrada de alguien que pasó antes que nosotros y se la lanzó a algún animal, ¿qué se yo?. Hay otra cosa que también puede ser importante considerar y estoy seguro que nunca ha pensado en ella...

¿Cuál?

-Pues que quizás yo, en la soledad del monte, acompañando el cadáver de Filiberto y observar el orificio y el escurrimiento del sahuaro, haya sido mi imaginación –consternada en grado extremo por el suceso- la que creó toda esa teoría -que nunca salió de mi mente- porque mi subconsciente deseaba fervientemente esa realidad y no la otra, la dolorosa, ¡la que en mala hora marcó con caracteres de sangre mi imprudencia y mi torpeza!

-Ahora te defiendes diciendo que es "cosa de tu imaginación", ¡sí como no! -vuelve a la carga Alvirez--: -no debiste crearte esa convicción –o como le llames-- ¡tu deber era haber descrito los hechos tal y como sucedieron!, la pieza del rompecabezas o el *"as"* como lo calificaste y que escondiste para siempre, es quizás el punto clave –lo más importante, diría yo— que debiste manifestar, te habrías librado, como te he dicho, de vivir con la duda, ¡con esa eterna interrogante! Es que no...¡no lo puedo entender!, ¡debiste dejar que la Ley lo dilucidara todo! –Terminó, bajando el tono de su voz.

-Es que...entiéndalo "lic.": no hay tal duda ni tal interrogante. Al menos por lo que hice y dije en el Juzgado; no lo tomo como un "secreto" –quiero que lo sepa— ya le he repetido que dije "mi verdad" ¿cuál pendiente?

-¿Pero qué verdad? –rebate— la verdad hubiera sido que explicaras "con pelos y señales" todo eso del *pinche sahuaro;*

ahora si puedo decirte –y perdona mi franqueza— que no estoy de acuerdo para nada con esa verdad que pregonas. ¿quieres saber mi opinión?: *falseaste los hechos* y antes de que digas algo: también *omisión* puede considerarse en muchos casos como *falsedad*, no vale la excusa de que "olvidé decirlo" ni "no me pareció relevante contarlo" ¡y te lo estoy diciendo como Abogado!.

-¿Realmente piensa usted eso?

-Sí, porque como quiera que hubiera sido, el hecho real e irrefutable es que el proceso tenía que tipificarse como "homicidio imprudencial", aunque la responsabilidad material, moral y jurídica recayera en cualquiera de los dos -la Ley es una, y no puede cambiarse-- y tú la hiciste cambiar de cauce, ¡es increíble pero así fue!. –Expresó convencido.

Bernardo se defiende:

-Y, en caso de haberlo expuesto como sucedió, ¿Qué diferencia habría?, desde luego iba a alegar "que apunté al sahuaro" ¿y qué con eso, "lic."?: nos llevan al cerrito, ahondan en las investigaciones y si resultara que el *heridor* finalmente no fui yo sino su cuñado, ¿piensa que el *fallo* del Tribunal de Justicia del Estado hubiera sido diferente?, de todos modos no podían emitir una sentencia de cárcel, -por pequeña que fuera- a ninguno de los dos ¡ya que entonces ambos éramos menores de edad!.

-¡Si no se trata de eso, pendejo!, lo que trato de explicarte es que bajo ningún concepto se debe alterar la exposición de unos hechos, porque en primera, se supone que se presta juramento de conducirte con verdad y porque resulta peligroso que al'hora de que un Fiscal decida "enredarte" y haga caer en contradicciones al declarante, entonces sí que se mete en un *berenjenal* ¡creo recordar habértelo advertido!...

-Pues el que me tomó la declaración trató de hacerlo...

-¿Ése? –Alvirez se chupó los labios-- ¡era un pendejo bien hecho!, eso te valió; pero conforme a lo que pasó, que fue un caso de simple imprudencia, se hubiera tratado de un crimen, un drama pasional, un caso de "asalto a mano armada" con saldo sangriento, a ver: ¡imagínate el perjuicio que te causarías al alterar los hechos, y no sólo a ti sino a la justicia misma!

-Y dale con alterarlos, ¡no le digo a usted que no alteré nada!.

-¿Cómo de que no?, aquí y en China eso se llama *"alteración de hechos"*, ¡dijiste lo que quisiste decir!

-Con todo y eso las cosas terminaron como yo *supuse que terminarían,* ni al caso explicar detalladamente los puntos que alargarían dolorosamente el suceso, a nadie pues, beneficiaría exponer el suceso del sahuaro...

-¡A nadie excepto a ti mismo!, sigo pensando que lo ocultaste para beneficiar a tu amigo.

-Si no llevaba perjuicio en ello...

-Okey, pero debe haber alguna razón.

-La hay.

-¿Cuál es o cuál fue?

-¡Por afecto, licenciado!, por una estimación muy grande. Y no sólo a Rudy que fue un entrañable amigo, sino a toda la familia a quien yo admiraba desde siempre por sus virtudes cristianas. También por el ambiente de comodidad, de ilimitados recursos económicos que se respiraba, (si era tiempo de frío la calefacción a todo vuelo y al llegar el infernal verano mantenían la casa totalmente refrigerada), tenían varias estancias a cual más de lujosas, cuyos muebles estaban ricamente tallados en cedro, caoba y nogal —me acuerdo— y, sin que me vieran, con frecuencia disfrutaba pasando los dedos por los contornos, con dilectante sutileza o me detenía en la observación sobre un elegante *chifonnier* situado en un comedor inmenso que raras veces usaban, sobre el cual descansaba un gran circo metálico de tres pistas —en miniatura— el cual llamaba mucho mi atención, por lo que a menudo solía juguetear con sus pequeños animales y personajes, cambiándolos de una pista a otra y que, por cierto en mi imaginación, yo asociaba con aquel famoso *"Ringling, Bros. And Barnum & Bailey"* que apareciera en la película "El

Espectáculo Más Grande Del Mundo" que habíamos visto en la ciudad cuando tenía unos once años, allá por 1952, y que fue muy famosa en todo el mundo; volviendo a la residencia, con decirle que llegué a conocer de memoria todas las habitaciones y en sitio en que estaba cada cosa...

    -¡Que metiche!, si no era tu casa...

    -¡Pues por eso mismo la gozaba más! Me gustaba tanto que prácticamente pasaba más tiempo ahí que en la propia, no olvide usted que la posición económica de mi familia se ajustaba –como decía Don Benito Juárez- a una "honrosa medianía"...

    -Como quien dice "venida a menos". –Opina Alvirez–

    -Que digo eso: comparada con la de Rudy, ¡éramos más pobres que una almeja!--, en cambio ellos, con sobrada abundancia de todo, y además yo los quería mucho porque nunca jamás me hicieron "el feo", ¡siempre había un cubierto para mí en su mesa! ¡Eran –y seguramente todavía lo son- inmensamente ricos (usted los conoció) pero el mérito mayor que yo les confería no radicaba en que tuvieran esos medios de vivir, sino en que sabían participar de ellos con sencillez y sin hacer distingos.

Hizo una pausa. Alvirez no se atrevió a interrumpirlo, luego retomó la narración:

    -En mis días escolares...

Los pensamientos hechos palabras se remontaron en el tiempo y el espacio, permitiendo a Bernardo describir con amplitud la etapa de su vida que más le gustaba recordar: aquella en la que, con todo y no tener demasiados recursos, alcanzaba para que al menos él –que era el penúltimo de seis hermanos– terminara la educación primaria en el mismo colegio "de paga" que los ricos de la ciudad.

Su apellido –Terán– era reconocido como perteneciente a una de las familias pioneras de aquella región de Sonora, de hecho algunos de sus tíos eran miembros prominentes de la comunidad, eso le permitió alternar con "la gente bien" ya que tuvo la suerte –sus hermanos no tanto– de contar sin mucho esfuerzo, con la aceptación de la mayoría de sus compañeros de colegio y de sus familias, particularmente la de Rudy Serra, en una ciudad en donde las clases y diferencias sociales eran muy marcadas.

Cuando se trataba de realizar deberes de la escuela, nunca padeció la falta de libros de consulta –ello se prolongó hasta la secundaria y aún después– sólo tenía que pasar por casa de los Serra Bermúdez y en compañía de Rudy –o sin ella– se encerraba en la biblioteca y buscaba lo necesario para sus trabajos ya que, como es de suponer, ahí contaban con colecciones completas y enciclopedias de todas las ramas de la ciencia y –claro está– de literatura universal también; curiosamente el que más consultaba cuanto libro había, era Bernardo, ya que Rudy era un chico más bien práctico y no dado a la fantasía –como su amigo– con ir directamente al tema, leer entre-líneas ("de pisa y corre", según decía) y sacar algunos apuntes a los cuales después les daba forma, muchas de las veces de manera escueta, con eso le bastaba.

Su permanencia en la biblioteca de casa no siempre obedecía a que "estuviera estudiando", en realidad lo que hacía era llevar cuentos –o *"comics" gringos*- muchos de ellos en el procedimiento de 3–D (o "tercera dimensión") para lo cual venían provistos en la cubierta interior de unos pequeños lentes de cartón con micas en tonos verde y rojo – como los que igualmente proporcionaban en la taquilla de los cines cuando exhibían las películas que llegaban en ese novedoso sistema.

Otras veces se las "ingeniaba" para mantener ocultas en el estante más alto revistas "frívolas" o francamente pornográficas de la época –nacionales o extranjeras como el famoso *"Playboy" y sus conejitas,* que ya circulaba– y que Dios sabe dónde las conseguiría o quien de los muchachos amigos mutuos se las prestaba, el caso es que eran frecuentes las ocasiones en que, estimulado por las lecturas y las fotografías que aparecían, se entregaba al placentero ejercicio de la masturbación, para ese efecto aprovechaba la presencia de Bernardo en el escritorio con los libros abiertos y los cuadernos de sus apuntes, sentado convenientemente frente a la puerta que daba al salón principal, para que de esa forma pudiera alertarlo en caso de advertir a alguien que se aproximara. Por lo general hacía *aquello* cuando después de una o dos horas de estar trabajando "arduamente"– según ellos— en sus respectivas tareas escolares o mientras consumían algún  refrigerio consistente en bocadillos, refresco o leche malteada.

Así pues "se daba un descanso" y la manera que lo disfrutaba era yéndose a la "trastienda" (que no era otra cosa que el lado oculto de un estante) tendiéndose cuan largo era –que no era mucho, pues a sus trece o catorce años Rudy Serra no alcanzaba una estatura digamos "demasiado espigada" como la de otros chicos de su edad, incluso Bernardo era ligeramente más alto que él;  se aflojaba el cinturón, se abría la bragueta y...¡a darle duro!. Solo se dirigía a Bernardo para recomendarle: *abusado "pelón"* –en ocasiones así llamaba Rudy a Bernardo—"...*échame agua si viene "la gata" o alguien. –Okey, Rudy "don't worry about..."* –contestaba aquel, estrenando la nueva frase que recién había aprendido en su clase de inglés, haciéndose efectiva su complicidad en una que otra ocasión en que hubo de advertirle: "...aguas que ahí viene fulana o por la puerta principal está entrando perengano..."

La participación de Bernardo en esos "lances privados" de su amigo, era puramente "contemplativa", pues aunque deseaba ardientemente dar rienda suelta a sus impulsos, esto sólo lo hacía en su imaginación, se abstenía de expresar abiertamente sus inquietudes sexuales delante de su amigo; no se atrevía a "hacerle segunda" por temor a ser sorprendidos; no obstante y existir ese riesgo, Rudy no tenía empacho en invitarlo a hacer lo mismo:

-¡Órale Nayo, ¿y tú qué...no te la vas "a hacer"?

-N-no.

-¿Qué no te excitó la revista?, ¿viste las "viejas" que trae y en que posiciones?

-Sí, pero...

-No tienes ganas, no se te "para" ¿o qué?

-Sí; si se me para, pero...

-¿"Tons" qué pedo?

-Puede llegar tu mamá o alguien...

-Pst, ¡que nada!, si no hay nadie en la casa, además si llegara... ¡¿Qué el carro tiene "silenciador" en el motor, o qué?!

-Ya lo sé, pero de todos modos...¡mejor no!

-¡Uyuyuy, que bato tan "culero" te has vuelto!

Bernardo lo observaba un poco y de reojo "en su tarea", optando por volver la mirada al escritorio y seguir con sus propias fantasías sexuales *"suyas de su propiedad"* y que mientras Rudy se masturbaba él se "turbaba" intensamente: cerraba los ojos con fuerza, sudaba, pensaba en cosas...no exactamente relacionadas con las candentes poses de parejas en actitudes de hacer el amor, que mostraban ciertas revistillas qué, como dijo, suelen llegar –de diferentes maneras-- a las manos de todos los adolescentes, ni tampoco en las atrevidas y sugerentes fotografías que ilustraban los magazines especializados, de conocidas artistas del cine mundial, como Silvana Pampanini, Sophía Loren, la Lollobrígida, Martine Carol, Brigitte Bardot o Marilyn Monroe...

No era en eso en lo que pensaba.

Era en...desdobles etéreos, transparentes, como los de esas películas con secuencias oníricas: se veía desprenderse del sillón, transponer el enorme estante, aproximarse a Rudy, tenderse -al igual que él— en el piso, e inclusive *"ayudarlo"* con sus prácticas no sólo manuales sino todavía más completas, profundas y desinhibidas, en busca de la sensación o desahogo ¡que a los dos produciría el éxtasis final!, es más: imaginaba que tal acción complacía plenamente a su compañero; que el cúmulo de juegos sexuales a que *podrían* entregarse, lejos de molestarlo ¡le producían un placer indescriptible! –a juzgar por sus expresiones-- por su actitud hasta ciertamente pasiva de *"dejarse hacer"* y que él –Bernardo— obtendría a su vez

¡la gratificación sexual que imperiosamente reclamaba su muy particular naturaleza!

Sin embargo...sacudía su cabeza y realizando un supremo esfuerzo desterraba esos pensamientos y volvía a "su realidad", ¿qué realidad?: la de estrangular sus más recónditos deseos, haciéndose una y mil consideraciones: *"no; no debo ir ahí, donde el está ahora haciendo...lo que está haciendo". No podría aguantarme y le caería encima para... ¿o mejor se lo propongo antes? ¡si él no se atreve!.* Pero no –volvía a repetir para sí– ¡no es lo usual que andemos por la vida expresando o externando públicamente esa condición! Aparte, hay el riesgo –todo puede suceder- de que...tal vez se indigne, se levante ¡y me rechace violentamente, ¡inclusive llegar a pegarme!

Eso –reconocía– no sería tan grave, ¡lo peor sería que me echara de inmediato de su casa!, tener que afrontar las consecuencias: ¿cómo justificar mi ausencia ante sus familiares y los míos?, porque sería inevitable el que "me levantara la canasta", es decir que ya no quisiera frecuentarme más. No, no, –concluía para si cuando le acometían tales pensamientos:- --Mejor me aguanto ¡y no le doy ni le daré a demostrar lo que siento!, después de todo no es Rudy –en sí– el objeto estricto de mis deseos, es, más bien, el *hecho, la obtención de placer como lo concibo, y eso –a decir verdad– lo puedo consumar con cualquiera que se preste ¡y lejos del círculo en que me muevo!* Bernardo prefería, pues, la auto-represión a la posibilidad de perder la amistad de Rudy y el respeto y aceptación de la familia, ¡que era más importante!

Lo que pasaba después de tan tremendas y agotadoras presiones mentales a que sometía sus impulsos, planteándose interrogantes qué –al menos con Rudy— no le interesaba que hallaran respuesta jamás, lo que hacía entonces era tratar, por lo general inútilmente, de enfrascarse de nuevo en la lectura, en continuar sus apuntes o de plano decidir marcharse argumentando haber terminado sus consultas o concluido tal o cual trabajo y salir, salir casi huyendo ¡y lo más rápido posible! Claro, ocasiones hubo en que Rudy, ocupado en estar *haciéndose "la puñeta"*, no adivinaba la tensión emocional de su amigo, lograba disuadirlo deteniéndolo con el ofrecimiento de alguna otra actividad:

-Espérate Nayo: al rato viene el "yiqui" Salazar, me va a traer a enseñar un uniforme de "béis" completo que se trajo de Los Ángeles, todo con la firma de *Mike Mantley,* el bat, la chancleta, y varias pelotas, también le hablé al "Buby Olea y a otros muchachos de la cuadra para ahorita "que baje el sol"; vente, vamos afuera y nos echamos un juego del "quemado"

-No, ¡al "quemado" no!, porque ya ves que me distraigo y luego luego me "ajustician"

-¡Por baboso!

-Mejor a jugar al "carro", ¿no?

-Lo que sea, hombre, pero ya vámonos, ¡órale, que aquí me asfixio!

El juego del "quemado" al que aludió en principio Rudy, consiste en hacer junto a una barda una serie de hoyitos (tantos como participantes haya), lo suficientemente hondos como para que quepa una pelota de hule esponja o de softbol y se trata de que el que lleva el "tiro" la lance tendida por el suelo desde unos dos metros, sin que los demás –que deben estar alerta– sepan en que hoyo va a dirigirla el que la tiene, puesto que puede caer en cualquiera de ellos, hay que esta pendiente y correr al efectuarse el lanzamiento, a una "base" situada a una distancia opuesta a aquellos, pero si cae en el de Bernardo –por ejemplo-- éste, o cualquiera que fuera el afectado, tiene que regresar, recogerla de su hoyo y correr a darle un pelotazo al que la lanzó, si acierta, se le pone una piedrecilla al hoyo perteneciente al golpeado, el juego continúa con la alternancia de todos los participantes; al acumular el mismo sujeto tres piedras, ya está "quemado" y tiene –como perdedor– que ponerse de espalda a sus compañeros (frente a la pared o barda) ¡y uno por uno le tienen que dar tres pelotazos!

El otro juego, el llamado "carro", es una variante del

béisbol, de tres bases pero no situadas en forma equidistante en triángulo, sino en línea, de tal forma que el que hace de pitcher queda en medio, en tanto que el bateador tiene −si acierta− que correr hacia la base situada atrás del lanzador, dependiendo −para ser ganador- de las anotaciones que va acumulando, o, si lo "ponchan" ser remplazado hasta agotar los bateadores de su equipo.

Otras veces que no salían a jugar y después de los "placenteros paréntesis" que nomás alborotaban a Bernardo, Rudy se levantaba, se ajustaba la ropa y simplemente volvía al escritorio, arrimaba una silla y se incorporaba a las mutuas tareas escolares como si nada hubiera ocurrido...hasta que los mandaban llamar para la comida o cena, según la hora que fuera.

Rudy, pues, nunca supo −ni antes ni ahora− de los deseos que asaltaban a su amigo, que con el tiempo se disiparon, no ocurriendo así con sus vínculos de afecto que continuaron inalterables y que nada tenían que ver con  las inquietudes eróticas frustradas que alguna vez llegó a forjar Bernardo en su mente confusa de aquellos años de pubertad y primera adolescencia....

# EPILOGO

Después de toda esa abstracción retrospectiva, los pensamientos de Bernardo vuelven a ubicarlo en el restaurante parisino en donde se halla disfrutando del sorpresivo encuentro con el licenciado Alvirez. Permanece silencioso unos instantes, luego termina por decir:

-Con todo eso, seguramente pensará que "estaba enamorado" de Rudy, pues para salir al paso de cualquier especulación suya, "lic.", le diré ¡que no!. No era por ahí la cosa...

-Era un amor platónico por lo menos, ¿no? —Opina Alvirez.

-Ni eso. Es que, verá: yo nunca —ni antes ni ahora— me enamoro de las personas en sí; amar a alguien en particular es...¡como encadenarse a un sentimiento que termina por ser pernicioso y malsano que hace infelices a las gentes! La mayoría, vive, sufre y muere en completo desamor y a merced del sujeto a quien se liga.

-¡Ah, caray! ¿cómo está eso? —refuta Alvirez-- -si no quieres o no vas a querer a quien te *"ligues"*, entonces...¿tú de qué te enamoras, cabrón?

-De lo que simboliza el amor físico, erótico, que es el intercambio de emociones afectivas, pero como una *entrega espontánea, recíproca y efímera;* idealizo la manifestación sexual y su clímax placentero, *¡no a la persona que lo produce!.*

Me atrevo a contarle todo esto para que lo tome como el antecedente de las inclinaciones que me ligaban a Rudy en mis primeros años, ¿se escandaliza, "lic."?

-Huumm, no. No si consideramos como "inevitable" —llamémoslo así— que en ciertas etapas de la adolescencia, cuando el impuso sexual se hace presente y de manera muy fuerte, los muchachos, ávidos de información y de emociones, encontrándose juntos pero alejados de adultos, se desinhiban, pudiendo ser común que esa circunstancia los lleve a buscar satisfacción corporal mutua, eso es muy comprensible; en el caso de ustedes fue sólo de manera unilateral, ya que —dices— tú nunca participaste, como también lo es que esas manifestaciones homosexuales no reflejen necesariamente que sean *invertidos,* ya que al crecer, al madurar, son superadas y hasta olvidadas por completo. ¿Qué otras cosas hacían *o lo veías hacer* en esas "prolongadas y constructivas sesiones" de la biblioteca?

-Nada, ¡nada más! -emitió un largo suspiro y continuó: -cuando terminamos la secundaria, Rudy fue enviado a la capital de México a un colegio de Padres Maristas para hacer su bachillerato, en tanto que yo, mientras mi familia hacía lo mismo (mandarme a México) espera que se prolongó por más de dos años, me ocupé trabajando en el Despacho de ustedes, ¿se acuerda?

-Sí, por supuesto. Pero sigue: ¿qué pasó con tus nexos con esa familia?

Pues aún sin estar Rudy buena parte del año en la ciudad, las puertas de su casa siempre estaban abiertas para mí: "...ven cuando quieras..." —me decía Paquita, la mamá--; yo aceptaba de buen grado la disposición que tanto sus padres como sus cinco hermanas me mostraban, así que les estaba agradecido por ello.

Cuando sobrevino el accidente, concretamente el instante en que disparé, se escuchó —en efecto— un estruendo muy intenso que hasta "eco" produjo en la soledad del monte y que pudo ser provocado por dos detonaciones simultáneas —nunca lo comprobé-...

-Porque no quisiste...

Bernardo continúa:

-Yo estaba demasiado aturdido para relacionarlo con el desplome de Filiberto, que se produjo al poco rato, por lo que no supe qué pensar ni que decidir sino hasta el momento de gritarme Rudy: "¿qué digo, Nayo? ¿Qué se hirió sólo?" Y al yo contestarle: "te agradezco la intención", pero...diles la verdad, diles lo que pasó: que se me salió un tiro; ya más tarde cuando se abrió la puerta de mi sospecha con sólo mirar el escurrimiento acuoso del sahuaro, comprendí que tal vez no había fallado mi puntería, pero... ¿sería posible acertarle si _antes_ ya había caído herido el Fili?, una cosa no excluía la otra ¿o de plano se dieron las dos situaciones?

-Como quien dice pensaste "que habías matado dos pájaros de un solo tiro"

-De momento sí llegué a pensarlo "lic.", ¡pero luego me estremeció el hecho de percatarme que el cuerpo de Filiberto no presentaba orificio de salida!, lo cual quedó plenamente confirmado con el reconocimiento preliminar que efectuaron el para-médico y enfermero de la Cruz Roja, ¿cómo me sentiría yo entonces? Instantes después de observar el sahuaro acercándome –como le dije– lo más que pude, regresé, donde el cuerpo de Fili, volví a darle acomodo entre mis rodillas, no dejaba de observarlo: su rostro pálido, afilado, reflejaba sin embargo una paz, una placidez en su semblante, ¡ya no más dolor! ¡ya no más sufrimiento!

-Mientras lo observaba y sin saber por qué –continúa Bernardo-- mis pensamientos me regresaron al momento en que me agaché a levantar la pistola y...

-¡Y qué? --Le apremia el Lic. Alvirez.

-¡Que me dormí...!. Sí, sí: me dormí profundamente pero me sentía presa de un gran sopor, a pesar de que ya comenzaba a enfriar la tarde, ¡hasta soñé! pero fue un sueño inquieto, tormentoso...

-¿Cómo es eso?

-Sí, mire: antes de hacerlo, mis pensamientos me llevaron –le decía- al momento de agacharme a recoger la pistola y rememorar en esos mismos instantes lo de mi incapacidad de dominar mis nervios –por ignorancia o lo que fuera— y no haber aprendido a tirar desde tiempo atrás en que Rudy pretendía infructuosamente que le perdiera el miedo a las armas, entonces *imaginé* que ese era el momento justo para, sin mayor postergación resolverme a disparar; efectivamente los muchachos no se percataron de mi intención –cuando buscaba un posible objeto que me sirviera de "blanco"— ni de que detuve el brazo extendido y lo regresé hasta tener de nuevo "en la mira" al "sahuaro" y conseguir vencer -¡al fin!- mis temores efectuando un disparo, de acuerdo a las indicaciones que me sabía de memoria, pero hete ahí –mi "lic."-- ¡que lo único que vencí fue la tentación!, ¡sí!, porque los temores...¡ni madre!, seguí con ellos, resistí, ¡pero me ganaron! Una vez más me arrepentí en el último momento –como la primera vez, a los catorce años, cuando el "stand" de tiro estaba en el Club Campestre— que dejé la pistola en la tabla, me di media vuelta, arranqué corriendo sin mirar a nadie y que no paré hasta alcanzar la alberca ¡y tirarme de clavado!; nuevamente pues, me sentí turbado, parpadeé nervioso y sin más ni más me puse en cuclillas, me apoyé en la piedra con la pistola del "Fili" en mi diestra ¡y salté hacia ellos!, produciendo –entonces sí-- yo mismo el disparo que infortunadamente impactó en el cuerpo de Fili al erguirse de espaldas a nosotros!

El licenciado Alvirez quedó boquiabierto, hace un carraspeo que más bien parece gruñido, no acierta a formular palabra –no las encuentra— ¡no sabe si enojarse, reír o llorar! Se rasca la nuca, hace movimientos de incredulidad tanto con la cabeza como con las manos. Bernardo toma la voz nuevamente:

No hubo pues modificación alguna en mi declaración, si acaso fue una simple omisión: "saltarme" todas las veces que declaré sobre los hechos, lo de mi abstracción súbita experimentada al tener el arma en la mano, pero como le digo ¡no pasó de ahí!, al fin que ellos ni cuenta se dieron hasta que brinque ¡y el arma se disparó!, además si eliminé contar eso fue porque, por otra parte, ¡me dio vergüenza mostrar a Rudy, una vez más, mi torpeza!

-¿A cuál te refieres? ¡Porque...¡hay que ver!, ¿eh?

-¿A cuál ha de ser? a ésa: de que por enésima vez no me animé a jugar "al tiro al blanco"

Alvirez se exaspera:

Bueno, bueno, *okey,* -y extiende las palmas de las manos en actitud de detener las palabras de Bernardo, y añade: -A ver si entendí: en resumidas cuentas, nunca disparaste mientras estuviste de pie, pero entonces... ¿ME QUIERES DECIR DE DONDE CHINGADOS SALIÓ EL CUENTO ESTE DEL *"SAHUARO HERIDO"?* tardas casi *treinta años* –hasta ahora que nos encontramos-- y duras más de dos horas contándomelo en la mesa de este restoran ¡en pleno París, Francia! ¡no le hallo sentido ni veo la finalidad...

Bernardo lo ataja con una frase:

-De un sueño...

-¿QUËE?

-Sí, sí: ¡de un sueño!, ahora le explico: recordará que al terminar de comer e iniciar la plática tocante al *accidente,* le dije que en realidad no había vivido con ninguna desazón, y que la única convicción sería *"la de la duda", ya que el orificio del sahuaro a lo mejor lo produjo un pájaro o una pedrada de alguien que pasó por ahí antes que nosotros,* también le dije –y es importante considerarlo— que "a última hora" a lo mejor fue mi *imaginación* que creó esa "teoría" porque mi *subconsciente deseaba que fuera así y no como en realidad fue.* En eso pensaba cuando en la soledad del monte, después de haber descubierto el orificio y el hilito de humedad que emanaba del sahuaro, (abriendo la puerta a mi absurda sospecha), abatido por el cansancio me sentí adormecido, tal vez por tantas impresiones estuve soñando: soñé *como si fuera real* todo ese "episodio" de enfocar mi vista en la mira, de sentirme seguro por fin para poder efectuar el disparo, de mis cálculos de distancia entre la ubicación mía –allá arribita- desde donde supuestamente apunté, etc., ¿y sabe por qué desperté?

-No, ¿por qué?

-Por una parvada de pajarracos que cruzaron el espacio ahí, justo adonde estábamos, serían cuervos o no sé, me desperté sobresaltado, poco tiempo después llegó Rudy seguido por la ambulancia de los socorristas...

Bernardo calló, lo que aprovecha Alvirez para indagar:

-Eso me da la idea que hace tiempo tienes resuelto el "acertijo" y le encuentro más o menos sentido, pero...sigo *sin hallarle la finalidad para que lo contaras...*

-La finalidad es que tenía que "ganarle la partida" de todas aquellas *elucubraciones* que me planteó en aquel tiempo, además aprovechar la oportunidad de que lo estoy viendo, para que todo aquello que mi mente, vencida por el cansancio, forjó en el breve "sueñito" que me eché, ¡imaginando que así *hubiera* sucedido realmente!, no seguirlo guardando *"de oquis" y... ¿a quien mejor contárselo que a usted, "lic."?*

-¡Mira qué cabrón!, aquí lo único que veo es que has de haber pensado todos estos años que fui "un tonto de capirote" por haber llegado a suponer –y hasta creer "a pie juntillas"— que *no habías sido tú el autor del disparo que hirió al cuñado,* definitivamente Bernardo: ¡que chinga me paraste!

-¡Para nada "lic."! porque estoy conciente que si pensó e hizo todas esas deducciones, fue porque yo las propicié con tanto enredarme, *acabé por enredarlo a usted también, con que "antes dije tales cosas y en las declaraciones ya no las mencioné igual, etc."*

Alvirez lo observa pensativo por unos instantes y se muestra condescendiente ante las explicaciones de Bernardo;

-Bien, Bernardo, creo que soy un defensor apasionado de mis causas, por eso asumí aquella postura, pero...siempre se aprende: ¡a veces no es tan bueno ser intuitivo!, hace un rato casi me irrité de nuevo –como lo hice entonces- al exponer mis puntos de vista (a todas luces erróneos) -acota— pero creo que, después de todo *siempre eres tú el que gana la partida final:* "me quito el sombrero" ante tus afirmaciones. Si llegaste a esas conclusiones y has pasado todos estos años muy convencido de ello, lo que te motivó a hacerlo (digo, refiriéndome al *invento* ese que me hiciste del sahuaro) etc., es mi deber –como amigo tuyo-- ¡estar de tu parte! Cuando pase más tiempo y te recuerde, lo haré con satisfacción –aunque hablas *un chingo, ¡re-jodido!*–pero siempre es un placer escuchar a una persona que lo hace con inteligencia y fluidez –en tu caso, ¡demasiada!– pero es mejor así, porque *el que habla con pendejos, ¡a los tres meses habla puras pendejadas!* Estoy seguro –si es que ya no nos volvemos a ver– de que en España o donde quiera que vivas, seguirás siendo un hombre feliz, que como todos, ¡tienes derecho a serlo!

-Gracias "lic.", ¡sabía que me entendería!, pero, mire: ¡ya casi oscurece! Er... ¿nos vamos?

Después de intercambiar direcciones y con la firme promesa de volver a comunicarse o de volver a verse, salen y echan a caminar por el Boulevard "Des Italiens" y siguen un tramo por el "Des Capucines" en animada charla que versa sobre el encanto de la ciudad lux; casi frente a "La Opera" se detienen y Bernardo ayuda a su viejo amigo a conseguir un taxi; ya a punto de abordarlo, Alvirez le ofrece llevarlo a donde él quiera, de paso a su hotel "Concorde Laffitte"

-Gracias "lic.", no voy lejos, me regreso por Boulevard Montmartre a buscar a una amiga y compañera de trabajo, es sevillana y siempre me dice que "soy muy majo" –guapo, pues– pero yo creo que lo dice porque me estima mucho y desde hace años, es más: -consulta su reloj– ya debe haber regresado de sus prácticas, es muy deportista, ¿sabe?

¿Prácticas? ¿serán de "tiro al blanco"?

-¡Para nada!, eso no lo practica ni en las "ferias", si lo hiciera ya la habría dejado "de lado", toma todas las tardes clases de yoga y también hace gimnasia rítmica o *"aerobics"* como le llaman ahora –aclaró-- -bien, "lic.", ya sabe donde encontrarme aquí en París y también en Madrid, y por si no lo veo: ¡que tengan un feliz regreso a México!, ¡ah, y que su salud mejore para una larga vida!.

-Gracias Bernardo, así lo espero yo también y sobre todo ¡que volvamos a vernos!

-Seguramente y si Dios lo permite: así será, ¡hasta la vista licenciado Alvirez!

Ya dentro del taxi y a punto de arrancar, Bernardo se aproxima a la ventanilla y le hace un último comentario con alegre expresión:

-Otra cosa "lic.": *¡el pájaro responsable regresó...!*

-¿Cómo? ¿el pájaro que qué?

-¡El de la bandada que me despertó allá en el cerro!: al alejarse vi que uno quedó rezagado —ha de haber sido un "pajaro carpintero" porque picoteó por unos segundos el *mentado sahuaro*— y siguió su vuelo: ¡por eso le digo que fue el responsable del "hoyito" que descubrí!

-Alvirez mueve la cabeza y sonriendo sólo alcanza a comentar:

-Un día te dije *"ah como eres acomedido, cabrón"* ahora te diré algo más: *"y también imaginativo, re-quetecabrón..."*

El Licenciado Alvirez todavía asomaba la cabeza sonriendo y agitando la mano en señal de despedida, cuando arrancó el taxi. Bernardo por su parte lo vio perderse en el arroyo de tráfico rumbo a "La Madeleine". El viento ya había cesado y el atardecer se tendía, esperanzado, en medio del bullicio parisiense.

Volvió sobre sus pasos y, a su vez, se confundió en el torbellino humano que colmaba a esa hora las céntricas avenidas; él formaba parte no sólo de aquel, sino simplemente del torbellino de la vida en cuya vorágine aún estaba sumergido, enajenado. Y le gustaba que fuera así.

F I N

# FICHA BIOGRÁFICA:

FERNANDO TAVARES, mexicano, nació el 11 de agosto de 1940 en Ciudad Obregón, Sonora, (México). Realizo estudios contables y de mercadotecnia en la ciudad de México, pero sus inquietudes por escribir, lo llevaron desde muy joven casi paralelamente a tomar cursos de iniciación literaria, del arte de escribir y de redacción.

Entre 1965 y 1966 asistió a ciclos de *"Narradores ante el publico"* en la Sala Manuel M. Ponce del Palacio de Bellas Artes, teniendo oportunidad de escuchar leer – semana a semana – fragmentos de sus obras en preparación a los mas connotados escritores mexicanos como Carlos Fuentes, Juan Rulfo, Luis Spota, y Rosario Castellanos, entre otros.

Ese ambiente lo entusiasmo a la aventura de escribir una sencilla novela de genero socio-político titulada "Cien millones, Champaña y Capri (La hija del gobernador) y salio de las prensas del editor catalán radicado en México B. Costa Amic (1969), la cual logro una regular aceptación por parte del publico lector de ese tiempo.

En 1990 regresa a su ciudad natal donde ha participado hasta la fecha en el suplemento *Quehacer Cultural* del periódico Diario del Yaqui de su localidad, publicando artículos sobre viajes, ensayos sobre famosos artistas del cine, crónicas y vivencias personales que le han valido reconocimiento unánime en su comunidad.

"EL SAHUARO HERIDO" es un relato de corte policiaco que revive en forma novelizada un episodio dramático ocurrido en la vida del autor durante su adolescencia, en una ciudad del noroeste de México en los años cincuenta. Los nombres de los personajes han sido cambiados, las fechas y lugares, no.

En el se cuenta, paso a paso, la infortunada circunstancia en la que un joven recién casado recibe un disparo de arma de fuego de manera accidental, durante un paseo a un campo de tiro privado, en el que lo acompañan dos jovencitos, (uno de ellos hermano de su esposa) y la angustiosa desesperación de ambos por auxiliarlo ante la dolorosa agonía del herido.

Sin Embargo, las incidencias y desarrollo de la trama son ficticios y fruto de la imaginación del autor que da cierto giro original y fantasioso a los acontecimientos, así como su inesperado desenlace, que nos plantea la incógnita de cómo un suceso trágico puede marcarnos para siempre y, al mismo tiempo, hacer prevalecer el instintivo amor por la vida, aunque jamás comprendamos el por que algunos se ven privados de ella prematuramente —según el designio de Dios— mientras a otros se nos prolonga por la misma razón.

Printed in the United States
by Baker & Taylor Publisher Services